国际安徒生奖大奖书系
GUOJI ANTUSHENG JIANG DAJIANG SHUXI

戴帽子的女士

1996年安徒生奖得主

[以色列] 尤里·奥莱夫 / 著

郦 青 / 译

方卫平 / 主编

时代出版传媒股份有限公司
安徽少年儿童出版社

著作权登记号：皖登字 12131256 号
Copyright © 1990 by Uri Orlev
Published in agreement with Uri Orlev c/o The Deborah Harris Agency through The Grayhawk Agency.

版权代理公司：北京百路桥公司
中文简体字版由安徽少年儿童出版社在中国大陆地区独家出版发行

图书在版编目(CIP)数据

戴帽子的女士/(以)尤里·奥莱夫著；郦青译.—合肥：安徽少年儿童出版社，2014.5（2019.6 重印）
（国际安徒生奖大奖书系/方卫平主编）
ISBN 978-7-5397-7223-3

Ⅰ.①戴… Ⅱ.①尤… ②郦… Ⅲ.①儿童文学－长篇小说－以色列－现代 Ⅳ.①I382.84

中国版本图书馆 CIP 数据核字（2014）第 067102 号

[以色列]尤里·奥莱夫/著
郦青/译
方卫平/主编

国际安徒生奖大奖书系·戴帽子的女士

出 版 人：徐凤梅	责任编辑：昊 香	责任校对：吴光勤
装帧设计：缪 惟	插 图：[以色列]艾伦·沙布	责任印制：梁庆华

出版发行：时代出版传媒股份有限公司　http://www.press-mart.com
安徽少年儿童出版社　E-mail：ahse1984@163.com
新浪官方微博：http://weibo.com/ahsecbs
（安徽省合肥市翡翠路 1118 号出版传媒广场　邮政编码：230071）
出版部电话：（0551）63533536（办公室）　63533533（传真）
（如发现印装质量问题，影响阅读，请与本社出版部联系调换）

印　　制：合肥创新印务有限公司			
开　　本：880mm×1230mm　1/32	印张：7.5	插页：2	字数：140 千
版　　次：2014 年 5 月第 1 版	2019 年 6 月第 17 次印刷		

ISBN 978-7-5397-7223-3　　　　　　　　　　　　　定价：20.00 元

版权所有，侵权必究

汉斯·克里斯蒂安·安徒生奖
HANS CHRISTIAN ANDERSEN AWARD

"安徒生奖"全称汉斯·克里斯蒂安·安徒生奖，是由国际儿童读物联盟（IBBY）设立的、国际上公认的儿童文学作家和插画家的最高荣誉奖项，素有"小诺贝尔奖"之称。该奖项每两年评选一次，于1956年首次设立儿童文学作家奖，并于1966年增设了插画家奖，以表彰获奖者为青少年儿童文学事业做出的永久贡献。评选过程中，提名作家和插画家的所有作品都要经过筛选。获奖者会被授予一枚刻有安徒生头像的金质奖章和荣誉证书，许多优秀作家和插画家因获得这一奖项而永载史册。

国际安徒生奖大奖书系
GUOJI ANTUSHENGJIANG DAJIANG SHUXI

总策划：刘海栖　张克文

主　编：方卫平

顾　问：

　　　艾哈迈德·莱泽·卡鲁丁（原国际儿童读物联盟 IBBY 主席）

　　　玛丽亚·耶稣·基尔（原安徒生奖评委会主席）

　　　海　飞（原国际儿童读物联盟中国分会 CBBY 主席）

　　　王　民（安徽出版集团有限责任公司董事长）

　　　张明舟（国际儿童读物联盟 IBBY 主席）

总统筹：徐凤梅

序言 /1

安徒生奖评委会主席
玛丽亚·耶稣·基尔

汉斯·克里斯蒂安·安徒生奖（以下均简称安徒生奖）是国际上公认的儿童文学作家和插画家的最高荣誉奖项，其宗旨是表彰获奖者为青少年儿童文学事业做出的永久贡献，每两年评选一次。评选过程中，提名作家和插画家的所有作品都要经过筛选。随着儿童文学的不断发展，安徒生奖得到了来自社会各界越来越多的关注：自1992年起，丹麦女王玛格丽特二世成为这一奖项的最高监护人；从2009年起，韩国的南怡岛株式会社成为该奖项的赞助机构。

颁奖典礼在隔年举行的国际儿童读物联盟（以下均简称IBBY）世界大会上举行，获奖者会被授予一枚刻有安徒生头像的金质奖章和荣誉证书。安徒生奖于1956年首次设立儿童文学作家奖，并于1966年增设了插画家奖。此后，许多优秀作家和插画家因获得这一奖项而永载史册。

推举候选人的任务由IBBY各国家分会承担。安徒生奖的评委会委员由各国家分会推荐,再由 IBBY 执行委员会选举产生。评委们来自世界各地,均为儿童文学领域的专家学者。

我有幸在 2008 年和 2010 年当选为安徒生奖评委会委员,并在 2012 年当选为安徒生奖评委会主席。我认为这是一项充满意义的工作,因为评委会必须通过两年严谨细密的调研,从来自世界各地申请评奖的作品中,选出美学与文学兼备、原创与创新并存的作品。在评选工作中,对于来自不同文化背景下的作品,评委会都会根据文学和艺术的评选标准,独立自主地作出裁决。

因此,当我获悉中国的安徽少年儿童出版社将要出版这套"国际安徒生奖大奖书系"时,惊喜之余备受鼓舞:有了这套书系的出版,千百万中国少年儿童就获得了一把金钥匙,去开启由世界顶级儿童文学作家和插画家共同建造的艺术圣殿。

最近,我曾两次受邀前往中国,考察中国儿童文学的发展情况。途中,我参观了多所小学,切身体会到阅读对儿童教育的重要性。众所周知,阅读是一项高水平、高要求的脑力活动,它能拓宽思维,激发创造力,培养独立意识,等等。益处不胜枚举,而儿童阅读能否成功推进,很大程度上取决于学校是否具体落实,故学校教育可决定儿童的未来。

另一方面,出版社,特别是主要读者群为儿童及青少年的出版社,肩负的社会责任十分巨大,因为他们需要配备一支文学和美学素质兼备的专业编辑团队,以严谨的态度,在浩瀚的童书市场中,挑选出不随波逐流的精品图书。他们还应具备准确判断年轻读者需求的独到眼光,以培养读者的想象力和审美能力为出发点,对作家和插画家提交的作品进行最精妙的编辑。通过高屋建瓴的编辑工作,优秀的原创文本和插图甚至能够锦上添花,而且更加切合读者的品位。此时,阅读的过程,也正是因为编辑的努力,不知不觉间升华为一种美妙的享受。

综上而论,优秀的文本可助人拓展思维,增长知识,解放思想;出色的插画可助人提高审美,走近艺术,认识世界。因此,阅读优秀儿童文学作品对儿童的成长意义十分深远。

最后,我想借这篇短短的序言,衷心感谢安徽少年儿童出版社为这项庞杂的出版工程所付出的辛勤劳动。我确信它将成为中国儿童文学史上令人永远铭记的里程碑。

(张天琪/译)

序言 /2
走向经典

浙江师范大学教授、博士生导师
著名儿童文学理论家
方卫平

亲爱的读者朋友，我们知道，安徒生奖是世界儿童文学界的最高奖项。这个被全球业内人士亲切而自豪地称为"小诺贝尔奖"的奖项，像它所借用的那位著名童话作家安徒生的名字一样，传递着一种经典的儿童文学气象。自20世纪50年代中期设立至今，先后获得安徒生奖的五十余位儿童文学作家和插画家，以他们奉献给孩子们的那些丰饶、瑰丽的儿童文学作品，延续着从安徒生开始被发扬光大的那个为童年写作的传统，也不断诠释、丰富着儿童文学经典的内涵与意义。

安徒生奖也是中国儿童文学界的一个情结。这些年来，我们对安徒生奖始终怀有一份恭敬而热切的向往。对于中国儿童文学界来说，走向安徒生奖，不仅意味着一种走向世界的勇气和自信，更意味着一种走向经典的姿态，一份走向经典的气度。我以为，在这个过程中，让中国儿童文学真正抵达并汇入到一种世界性的思想、情怀和艺术视野中，远比单纯赢得一个奖项的荣耀更重要，也更富有价值。

因此，2011年夏秋之交，当我获知安徽少年儿童出版社将与安徒生奖的设立者和主办者——国际儿童读物联盟（IBBY）合作，推出一套规划专业、宏伟，运作规范、精心的"国际安徒生奖大奖书系"时，我是怀着颇为振奋和恭敬的心情，应邀参与到这套书系的出版工作中来的。在我看来，走向经典的过程，首先必然是一个阅读和享受经典的过程，这种阅读使我们的目光越过一个世界级奖项的耀眼光芒，去关注这个奖项所内含的那些最生动的文本、最具体的写作，以及最贴近我们文学体温的语言和故事。

这套"国际安徒生奖大奖书系"，是迄今为止中国范围内以安徒生奖获奖作家、插画家的作品为对象的最大规模的一次引进出版行为，也是首次得到该奖项主办者国际儿童读物联盟官方授权并直接合作支持的安徒生奖获奖作家作品书系。书系计划结合儿童文学的专业艺术评判以及对中国儿童读者阅读需求和特征的充分考量，从安徒生奖获奖作家、插画家的作品中持续遴选、出版一批富于艺术代表性的童书。特别值得一提的是，书系并非是对所有安徒生奖获奖作家作品的简单引进，相反，其中每一本入选的童书，都是在认真的专业考察和比较基础上择定的作品。同时，书系规划的引进对象，既包括荣膺安徒生奖作家奖和插画家奖作者的作品，也包含获得该奖提名的一部分优秀作家、插画家的作品。之所以将后者纳入其中，是考虑到那些参与安徒生奖角逐并获得提名的作者，其作品往往也在很大程度上代表了相应国度儿童文学创作的最佳艺术水平。通过吸收和容纳这一部分作者的优秀作品，书系希望将更多的世界儿童文学佳作，呈献给我们中国的读者朋友们。

整个书系由文学作品系列、图画书系列、理论和资料书系列三大板块构成，其中文学作品系列呈现了安徒生奖获奖者的文学作品，图画书系列包括了获奖者的图画书作品，理论和资料书系列则意在展示相关的研究成果和资料。

总的来说，为中国的孩子们奉献一套高质量的世界儿童文学经典丛书，是这套"国际安徒生奖大奖书系"最大的理想，而这理想的背后，是从出版社到儿童文学专业领域的众多参与者为之付出的艰辛而持续的努力。我所看到的是，在前期的准备阶段，从选题的规划论证到作品的判断遴选，从版权的洽谈落实到译者的考评约请，从内容、译文的推敲琢磨到外形的装帧设计，等等，围绕着丛书开展的一切工作，无不体现了与安徒生奖名实相符的精致感和经典感。从这个意义上说，这套大奖丛书不但意味着一项以经典为对象的工作，它本身也在寻求成为当代童书引进史上一个经典的身影。

身处童书引进出版的当代大潮之中，我想特别强调后一种经典的意义。近二三十年来，一批数量庞大的国际性的获奖童书被持续译介到国内，并在中国的儿童读者中广为传阅，进而演化为某种逢奖必译的童书引进出版盛况。或许，很少有一个国度像今天的中国这样，对来自域外的童书抱有如此巨大而饱满的接受热情。然而,也正因为这样,域外童书译介工作本身的质量,尤应引起人们的关切。在我看来,这项工作的意义不仅仅在于对经典文本的介绍和转译,更在于寻找到一条从世界儿童文学经典通往中国儿童读者的最完美的路径,它能够在引进经典作品的过程中,从一切方面为中国的孩子们尽可能地保留那份来自原作的经典感。这是一种对经典的继承,也是一种对经典的再造。它所播撒开去的那一粒粒儿童文学经典的种子,将成为孩子们童年生命中一种重要的塑形力量。对成长中的孩子来说,这样的经典阅读带给他们的,将是最开阔的思想,最宽广的想象,最丰富的文化体验以及最深厚的语言和情感的力量。

我相信并期待着,"国际安徒生奖大奖书系"的出版,能够成为中国童书译介走向经典路途上的一个引人瞩目的标识。

目录 CONTENTS

第一章　回家 …………………………… 1
第二章　罗伯特 ………………………… 23
第三章　一个惊人的发现 ……………… 32
第四章　特蕾莎 ………………………… 51
第五章　在耶路撒冷 …………………… 70
第六章　结局的开端 …………………… 77
第七章　前往意大利 …………………… 97
第八章　在海上 ………………………… 112
第九章　回到耶路撒冷 ………………… 125
第十章　世博列基布兹 ………………… 134
第十一章　在海滩边 …………………… 148
第十二章　会面 ………………………… 164
第十三章　往回走 ……………………… 179
第十四章　斗争精神与新的失望 ……… 189
第十五章　尤尔克自救 ………………… 197
第十六章　五封信 ……………………… 217

第一章 回　　家

　　尤尔克从火车上挤出来，跳到月台上。就他一个人下了火车。他背对着市政府大楼站在那儿，等到火车慢慢地开出站台，到树林附近转了个弯就不见了，四周就剩下他一个人时，尤尔克这才转身朝家乡望去。

　　小镇还是那样，跟上次他在火车站时见到的一模一样。那天，尤尔克他们被塞进货车车厢里，又用船运到了一个集中营。如今什么都没变，只是房子看上去变小了，也许是因为尤尔克现在十七岁了，可这些树长了那么久，还是和以前一样高。到处一片荒芜，房子不是烧了，就是毁了。想到华沙①被毁的那个样子，他长长地舒了一口气，实在太让人震惊了。是不是心里真的不该有什么太多的期盼？家里会有人活

---

①波兰第一大城市，也是波兰首都。第二次世界大战中，华沙被德国攻占，整座城市几乎被夷为平地，许多珍贵的文物古迹遭到毁坏，大部分华沙人也被送入死亡集中营。1945年，苏波军队解放了华沙。

着回来吗?二战已经结束两年了,可一直到动身去巴勒斯坦之前,尤尔克才决定最后回来一次;当然,也只有这会儿,他才有点钱可以回来一趟。这还幸亏有罗伯特帮忙。

尤尔克是在一栋两层楼的房子里长大的。房子两边有侧屋,还有庭院和马厩。他的爷爷原来在马厩里养了两匹马,放了一辆马车。爷爷去世后,马厩改成了储藏室。这个房子是爷爷奶奶的。尤尔克的爸爸妈妈结婚后一直住在顶楼。

尤尔克早就知道,钟表上的时间是不可靠的。当年,他和父亲被关在一个集中营里。如果哪天哪些人被选中了关到毒气室①去,那么那天的时间就会像一个月甚至一年那么长。想起战争年代的那些日子,仿佛自己当时是住在另一个星球上似的,和真实生活一点关系都没有。原先和父母一起住在小镇上的日子才是真实的生活啊。尤尔克现在回来了,但原来的生活再也回不来了。

尤尔克沿着那条路面铺过沥青、如今却坑坑洼洼的街道来到镇上。正是清晨时分,街上空荡荡的,有几只狗开始叫了起来。他从教堂旁的一个路口转弯,拐到了大街上。商店都还关着门。尤尔克熟悉这里的每一家商店:面包店、杂

---

① 一种自杀、他杀或者死刑的工具,方法是将自己或者别人、犯人等锁在一个封闭的空间,施放有毒气体,引发死亡。第二次世界大战期间,德国纳粹为镇压异己和推行种族主义,在国内和被占领国建立了众多集中营。集中营内通常建有用于大规模屠杀的毒气室。

货铺、还有药店,但尤尔克总感觉有点不对劲——对了,招牌上的那些犹太标语不见了。他应该想到这一点,因为他当时亲眼看到德国军队撕掉了那些犹太标语。尤尔克忽然发现,他其实一直都在盼望回到那个童年记忆中的小镇。

他慢慢地向前走去,也许是不想让失望来得太快吧。从他在罗马坐上火车那会儿起,他就有了这个孩子般的希望,这个希望一直在心中闪现,如今却要彻底破灭了。

"尤尔克?"

他怔了一下,停下脚步朝四周看了看。原来是巴什卡——那个面包师傅的女儿在楼上的窗口叫他。

"喂,等等!"她关上窗,一会儿就从门口出来了,裹着一块大披巾。站在他面前的巴什卡已不是他记忆中的那个小女孩,而是一位亭亭玉立的少女了。只是她的表情没变。圆圆的脸上,一双挨得很近的蓝色眼睛盯着你看,傻傻的、憨憨的。

"尤尔克,别去你家!见到你太好了。你没变,你长……大了点。"巴什卡说到这儿笑出声来。

她的笑声也没变,既有点像小女孩般"咯咯咯"的笑,又有点像马的嘶叫声。她用手捂着嘴,悄悄地说:"要是把我妈吵醒了,我可就死定了。"接着她又说道:"他已经等你很久了,带着他那把猎枪。我想他肯定没料到你们家还会

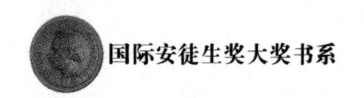

有人回来。"

"你在说谁呢?"

"你不知道谁住在你家吗?我真笨!你当然不知道啦。是护林员皮特莱克呀。"

尤尔克笑了,因为巴什卡压低声音说"护林员皮特莱克"时的语气和小时候一模一样。那时他们听到这个名字总会吓得四散逃开去。

"他还在林区那边干活吗?"

"不了,他现在比以前更坏,经常带着枪到处逛,说是为了防野狼。他又娶了个新老婆。你知道吗,他先前那个老婆和一个德国士兵跑了。"

说到这儿,她又笑了,然后赶紧用手捂住嘴,紧张地朝她家窗户那边看了一眼。

"我真笨!你怎么可能知道这些呢?他娶了个新老婆,有四个小孩,他老婆又要生第五个了。"这时,她脸上那种神秘兮兮的傻笑不见了。

"我来不是要回房子的。"尤尔克说。他犹豫了一下又说:"我可能会卖了它。"他真希望罗伯特这会儿跟他在一起。换成罗伯特,应该会先大吵一通,等到他离开的时候,口袋里肯定都装满了钞票。尤尔克得要个价,至少得把这趟坐火车的票钱还给罗伯特吧。巴什卡还在喋喋不休。这会儿,

尤尔克又听她说到了皮特莱克这个名字。"他很早以前就跟我爸说,不管哪个犹太人想要回这房子,他都会把那个人给杀了。他真会这么做的。打仗那会儿,他就是这么一路杀过来的。"

"真高兴能见到你。我一见到你马上就认出来了。"巴什卡咧开嘴又笑了。她笑的时候只要不张嘴发出像马叫似的声音,看上去其实并没那么傻。巴什卡让人感觉太像一条黏人的小狗了,尤尔克作为一个男孩,不得不提醒自己,一定得把握好分寸。

"就我一个人回来了吗?"尤尔克问道。

"裁缝的两个孩子也回来过,还有贩牛佬的儿子。他们不得不都走了。那个杂货店老板是和一个军官一起来的。那个军官说杂货店老板应该得到一笔关于这房子和店铺的补偿金。你不知道当时他们叫得有多凶。我爸当时以为要死人了呢,不过没有。这儿再也不是犹太人的地盘了。"

"可是,这些房子原来就是他们的啊。这你也知道的,巴什卡。"

"我爸说,房子和土地是连在一起的。现在地是波兰人的,不是犹太人的。所以房子也不是犹太人的了。"

"我要去巴勒斯坦。"尤尔克说,"我要去那里做农民。"

"你去做农民?那也太大材小用了吧。干吗不做个律师

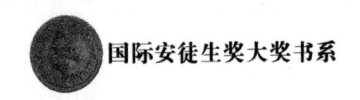

或者医生什么的？"

"巴勒斯坦缺农民。"

"我爸说因为有了共产党，波兰以后很快就没有农民了。"

"他还说过什么？"

巴什卡向四周看了看，悄声说："我爸说到处都有犹太人，连部队和政府部门里都有。他们从苏联和德国回来，然后再接管。他们和共产党互相帮衬。我爸说一直以来就是这样。"

"我想去看看我家的房子。你觉得真有危险吗？"

"不是……我是说……嗯，不过他不会杀你的。时间都过去这么久了，而且，他又是共产党的头头了。有个英国女人来过这里……"巴什卡开始"咯咯咯"地笑起来。

"什么事这么好笑？"

"你真该看看她戴的那顶帽子！她是你们家的人，也想看看那房子，然后——"巴什卡突然不说话了。

"一个英国女人？"

"我爸让我别说。她和一个军官一起从华沙坐着一辆豪华轿车来的。她来头不小，是个贵妇人。她想知道你们家是否有人回来过，也想看看那房子。他们就把她带到了一个乱七八糟的房子里，那个房子原本属于兹列比曼家，现在住着

皮奥其科瓦斯基一家。他们跟她说,打仗那会儿你们就卖掉了原先那间大房子,买了这个房子。皮特莱克说他亲眼看见你们全家和其他犹太人一样,被带到那个林子里枪杀了。他甚至带她去看了几个犹太人的坟墓,那些坟墓一开始藏在考克兹克家的干草棚下面。这事发生时你已经不在这了。她给了些钱,让他们给立个像样的墓碑。"

"他们拿钱立墓碑了吗?"

"没有。皮特莱克把钱揣进了自己的口袋,只给牧师分了点。我爸说,我们不能把所有犹太人的名字都刻在墓碑上,因为有些人可能还活着。等一下,我去问问你可不可以进屋来。"

不等尤尔克开口,她已经跑进门里不见了。

尤尔克感到很奇怪:一个英国女人?

他隐隐约约回忆起他的姑姑莫尔卡。记得有一次,姑姑弯着腰,递给他一辆很大很大的木制玩具汽车。他依然记得那玩具曾给他带来了多大的快乐啊,好像是姑姑送给他的一个生日礼物。那会儿他多大了?可能三岁,也可能四岁。他记得姑姑个高高的,很漂亮;还记得姑姑在院子里快步走路的样子,有时提了一桶水,有时拿着喂鸡的饲料。虽说是姑姑,但她更像个叔叔。这或许是因为姑姑和家里其他的女人不一样,她看见爷爷不会悄无声息地溜走。后来再也没有见

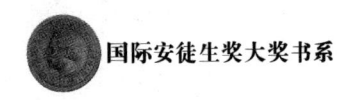

过姑姑。

　　过了好几年。有一天，尤尔克看到妈妈床边有本书，封面上的插图非常有趣。他到现在还清楚地记得，插画中有个跳水运动员，他正在海底漫步呢。他翻开书，想看看里面还有些什么插图，却发现了一封信，上面贴了一张奇怪的邮票。他认出邮票上的人像是英国国王，就想问问妈妈是否可以把这张邮票送给他——自己收集的邮票中还没有英国国王呢。他用手摸了摸信封，里面有硬硬的东西。原来是一封信，里面夹了一张新郎新娘的合照。新郎很帅，戴着一顶高高的帽子，新娘看着很眼熟。但不管尤尔克怎么使劲地想，他还是想不起来这到底是谁。也许是哪位公主吧。

　　他拿了信封就向厨房跑去，一边跑一边喊着："妈妈！妈妈！"

　　"什么事啊？"妈妈一边问，一边朝他走了过来。看到他手上拿着的东西，妈妈的脸色一下子就变白了。她赶紧关上了门。

　　"爷爷看到你拿着这东西了吗？"

　　"没有，妈妈。"看到妈妈吓成那样，他也吓了一跳。

　　"还有谁看到这封信了吗？你姐姐她们呢？"

　　"姐姐她们不在家。"两个姐姐跟着爸爸去城里的伊斯洛尔叔叔家了。尤尔克觉得很奇怪，妈妈怎么就忘了呢。

"对对对。"妈妈柔声地说道,"我差点儿忘了。你看信封里的东西了吗?"

"看了,"尤尔克说,"里面有一张新郎新娘的照片。他们是王子和公主吗?新娘——"他突然想起来了。"是莫尔卡姑姑!"他高兴得大叫了起来。

"嘘——"妈妈说,"你应该清楚地记得,莫尔卡姑姑早就死了。"

这他知道。姑姑早先去了国外,得病死了。这是爸爸妈妈告诉姐姐们的,姐姐们又告诉了他。

"她之前结婚了吗?"尤尔克问。

"结了,但这是个秘密,不能让人知道。这是老早以前的一封信。妈妈只是拿它来作书签而已。你听明白了吗?"

"她嫁给一个基督徒了吗?"①

"等你再长大点,妈妈会把一切都告诉你的。但你现在必须向我保证,跟任何人都不准提起这封信。不准跟爷爷说,不准跟奶奶说,也不跟姐姐她们说。"

"连爸爸都不能说吗?"

"连爸爸也不能说。"

---

①莫尔卡的父亲信奉东正教。东正教是基督教的主要宗派之一,认为只有经过教会主教同意的婚姻,才合乎主的意思,能得到教会的承认和接纳。东正教严禁东正教教徒与异教徒、非教徒通婚,认为这是基督的罪人,将被逐出教会。

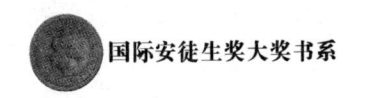

"可我想要那张邮票。"

"如果你不说,你就可以拿走这张邮票。如果你说了,我就把邮票收回来。"

"好的,妈妈。"

尤尔克的思绪又回到了现实生活中,尤尔克想:这么说来,是莫尔卡姑姑来找过他们了!想起了姑姑的这些往事,他们家的房子也在尤尔克脑子里鲜活了起来。管他皮特莱克不皮特莱克的,他一定得去看看这房子。

巴什卡还没从家里出来。尤尔克仰面朝上看了看,看到一扇窗户的窗帘很快就拉上了。原来他们在偷偷地观察他。

尤尔克决定不再等了。如果他们真想请他到家里去,巴什卡不至于要去那么久。至于皮特莱克那儿,如果他连试都不去试一下,罗伯特肯定会笑话他的。

尤尔克迈着坚定的步伐朝街道的那头走去。路上几乎没碰上什么人,也再没有谁认出他来。而他也记不全他们的名字了,尽管有些人看着还是脸熟,尤尔克没有停下来跟他们打招呼。

房子跟他记忆中的一模一样。有那么一会儿,他几乎以为自己刚才只是去了一趟杂货店而已,压根儿就没发生过战争什么的。以往的画面历历在目,他似乎听到了前门"嘎

吱嘎吱"的响声。每次妈妈打开门,带着满脸的笑容来帮他提购物篮时——那扇门总是发出这样的响声。

门还是像以前那样嘎吱作响,可开门的却是皮特莱克,他的身上挂着一支双管猎枪。毫无疑问,巴什卡的爸爸肯定派哪个伙计跑来通风报信了。皮特莱克已经在等他了。

"早上好,潘·皮特莱克!"尤尔克说,尽量让自己显得平静和自信些。

"早上好,尤尔克!你爸呢?"皮特莱克的脸上带着威胁的神情。

"他死在集中营里了。"

"你看,尤尔克,"皮特莱克说,"我呢,现在已不做护林员了。我现在是党组织的领导了。"他的语气中充满了自傲。"波兰现在属于临时政府管辖①,你知道吗?所以这房子也属于我们。不过,我准备了一份文件。你要是愿意在上面签个字,我可以给你点补偿金,作为你的路费。"

"好吧。"尤尔克答应着,感觉喉咙口堵了一大块东西。

皮特莱克请他进了门。尤尔克的心怦怦直跳。家具都已挪了位置,厨房也已改头换面。家里多了几样新东西,包括

---

①1945年1月17日,苏波军队解放了已成为废墟的华沙。4月,波苏两国签订了友好互助与经济合作条约。6月,波兰民族解放委员会改组为临时民族统一政府。

一个炉子。尤尔克本来想问一问，能不能让他去楼上看一看，但现在还是决定不问了。尽管皮特莱克一直用一种探究的眼神盯着他，但有那么一会儿，尤尔克仿佛忘了房子里还有个前护林员。

"这些犹太书中有一本卡通书，我送给一个拉比①了。"皮特莱克说，他很想知道尤尔克这会在想什么。

尤尔克点了点头。墙上挂了一些天主教圣人像②，给人一种异样的感觉。尤尔克到这时才突然明白过来，为什么他进门那会儿总觉得有一种特别怪异的氛围。

皮特莱克指了指餐桌边的一把凳子，让他坐下。尤尔克犹豫了一下，绕过餐桌，在桌子一头父亲原来坐的那把旧椅子上坐了下来。皮特莱克点点头，似乎对此表示认可，他打开原来尤克尔的父亲放账本的那个抽屉，取出了一个棕色的硬纸板文件夹，从里面抽出几张纸，递给尤尔克，让他读后签字。

"价格已写在上面了。这是组织定的。"

"谁是组织？"尤尔克天真地问道。

---

①最初出现于巴勒斯坦地区，意为"圣者"，后来发展为对能够解释律法的人的称呼。拉比主要的职责就是传授犹太教经典，阐述犹太教教义在日常生活中的实施，对规范犹太人的行为起到了非常重要的作用。

②根据天主教的教规，教徒要拜圣母玛利亚的像，拜耶稣圣像，拜十二使徒和保罗等圣徒的像，还要拜天使。新教认为，真神只有耶和华，其他都是拜偶像。

"我就是。"皮特莱克回答,声音粗粗的,像打雷。

尤尔克庆幸罗伯特没有一起来。他现在唯一想做的就是离开这里,越快越好。他含着眼泪看着这个房子,这房子已不再是他的了,虽然家人的灵魂依旧在餐桌边徘徊。他连文件都没看就签了字。皮特莱克拿回文件夹,从口袋里取出了一把卷成一团的钞票。难道组织的头头们平时都是到处走来走去,口袋里装着大把大把钞票的吗?

尤尔克听到门厅那边有人在小声地说话。他这才发现,皮特莱克的家人都挤在一起,正透过门帘好奇地偷瞄着他。有个小男孩大声问了一句:"他就是那个犹太人吗,是不是?"

旁边的女人让他说话小声点。

"他就是那个来拿走我们房子的犹太人吗?"男孩忧心忡忡地问道。有人把男孩拉走了,他大发雷霆地尖叫了起来。

尤尔克问道:"潘·皮特莱克,我们家没有其他人回来过吗?"

"没有。我估摸着,你就是这房子唯一的房东了。或者说,是前房东。"他笑了起来,"你可以心安理得地拿走这笔钱,都是你的了。"

"一个人都没吗,潘·皮特莱克?"尤尔克固执地又问了一遍。

他冷冷地看着他说:"没有。你知道我的意思。好了,你

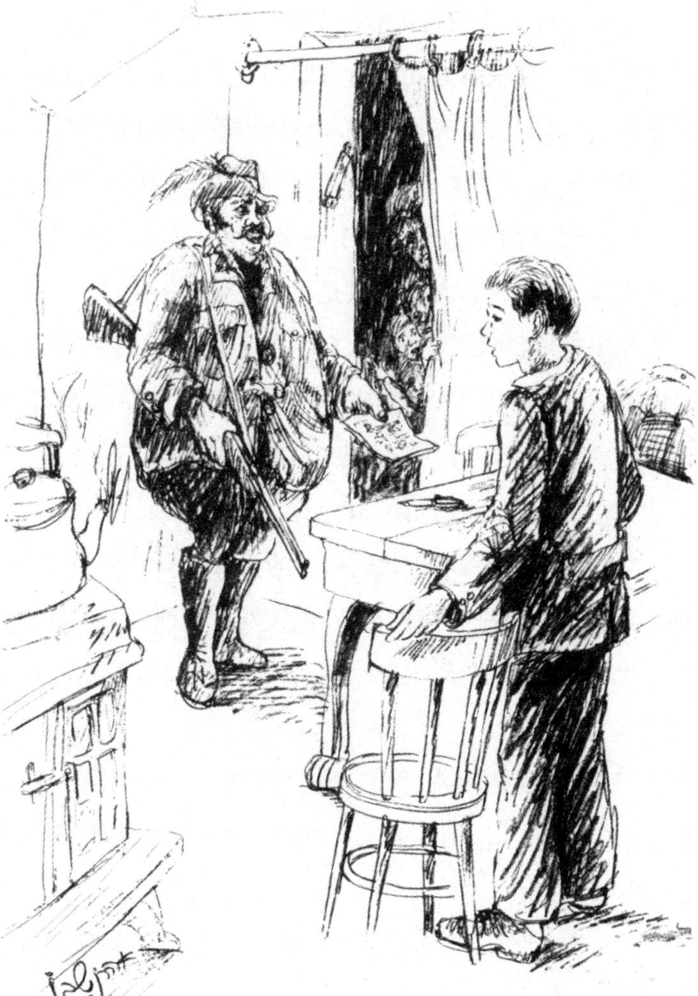

该走了。"

尤尔克站起来,拿了钱放进口袋,什么都没说就走了。他绕道去了车站,一是不想从巴什卡家门口走,二是他还想最后看一眼那条窄窄的小巷子——那是他和儿时的伙伴们一起玩耍的地方。这些小伙伴当中就有皮特莱克的儿子——一个跟他父亲一样坏透了的家伙。

一切跟他原先想的不一样。在从德国回来的火车上,他一直在想,战后的波兰到底变成什么样子了。他也不时地碰到过一些波兰人,大多数都是热情的年轻人,都真诚地认为,他们要建立一个崭新的、更加幸福的国家。可是,尤尔克到处看到的是,波兰恨死了苏联,恨他们把共产主义带到了波兰,还有,波兰人对犹太人充满了怨恨。有一批年轻的犹太人,从波兰来到了尤尔克所在的那个犹太复国主义①训练营。他们曾极力劝阻尤尔克回国,但尤尔克还是觉得,必须得回去一趟看看,他得确确实实地弄清楚,是否真的没有其他家人回来过。不是说他不愿意相信别人,而是因为心里相信跟亲眼见到、亲手摸到和亲鼻闻到的不一样。的确如此,从皮特莱克那儿"闻"到的那种味道,彻底粉碎了他自战争结束以来抱有的所有幻想。他知道,这世上,他再也没有一

---

①19世纪末,犹太人不断遭到压迫和迫害,犹太复国主义作为一种民族解放运动而出现。在犹太复国主义思想的感召下,成千上万的犹太人开始返回故土。

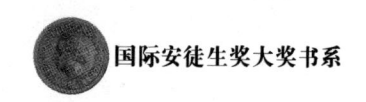

个亲人了。

尤尔克突然想到了那个英国女人。她就像远方的一座灯塔,在无边无际孤独的黑夜里发出微弱的亮光。

等了很长时间的火车。火车进站时,车厢里挤满了人。到处是装满了鸡蛋的篮子、装满了蔬菜的担子和一些"咯咯"叫的母鸡。尤尔克比较走运,居然还找到了落脚点。乡下的胖女人们头上裹着花布头巾,身上穿着鲜艳的裙子,围着围裙,她们要拿这些东西到市场上去卖。

尤尔克把帽子往下拉了拉,遮住眼睛,假装睡觉,想着自己不可知的未来和那个被称为"以色列"的遥远国度。爷爷以前有一张以色列的地图,一直放在他那个蓝白相间的储蓄箱上。储蓄箱里装满了硬币,是准备拿来买那块地的——一亩一亩地买,直到全部买回来为止。①在重建国家这件事情上,尤尔克想,犹太人肯定要比波兰人做得好。至少犹太人不会恨别人,在遭受了两千年的迫害后,他们仍要回到原来的地方去居住。当然,首先得摆脱英国人的统治。

这也太让人奇怪了。曾经把尤尔克他们从集中营解放出来的那支英国部队,现在居然成了他们的敌人。

尤尔克对那天发生的事情记忆犹新。那是春天里一个

---

① 19世纪,犹太复国主义(锡安主义)思潮兴起,各地犹太人以买地等手段陆续回到巴勒斯坦,建立以色列国家。

阳光明媚的日子,可惜爸爸没活着看到这一天。他多希望他们父子俩能一起活到这一天。

一开始,爸爸的身体比他好很多,还常常鼓励尤尔克活下去。渐渐地,爸爸越来越不行了:常常挨饿,又遭到德国集中营卫兵的毒打,所有这些都耗尽了他的体力。到后来,反倒是尤尔克成了爸爸的支柱。他们被转移到另一个德国集中营的那天晚上,爸爸死了,那是在英国军队到来的两周前。①尤尔克拖着爸爸的尸体参加了第二天的晨间点名——他要不这样做的话,爸爸就会被列入失踪者名单——他后来就这样和爸爸生离死别了。

在训练营里,尤尔克和爸爸也谈到过"战后"的计划。爸爸说,他们会先回波兰,看有没有别的人回来过,然后他们就去巴勒斯坦。尤尔克认定这是爸爸的遗愿②,也是和他的最后约定。然而,日子一天一天过去了,尤尔克一再把回家的行程推迟了差不多两年。一开始,他忙着参与训练营的各

---

①此句中的德国集中营是指贝尔根—贝尔森集中营,建立于1940年,1945年4月15日英国军队解放了该集中营。在集中营存在的5年间,德国纳粹在此共杀害了约7万名被关押者。

②原文用"testament"一词,也指"圣约"。圣经分新约和旧约两部分。按旧约圣经记载,上帝把他的子民——以色列百姓救出埃及,并赐给他们富饶的迦南美地(巴勒斯坦),即应许之地(Land of Promise),一个"流着奶和蜜"的福地,被基督教神学看作是天国的象征。新约圣经更暗示,上帝已为一切跟随他的人预备了将来更美好的应许之地——新耶路撒冷。

种工作,教导那里年轻的犹太同胞,到了巴勒斯坦后该如何创建基布兹①。而且,他也一直没钱回波兰去。

爸爸去世前,在如往常一样漆黑而无望的某个夜晚,他给尤尔克讲了姑姑莫尔卡的一些事情。在那个时候,尤尔克才弄明白,为什么当初妈妈让他对谁都不能提那封信和那张邮票。

那天晚上,他和父亲并排躺在又窄又闷的铺位上,被冻得瑟瑟发抖。父亲居然笑了起来,那恐怕是他死前那个月里唯一一次开心地笑了。他告诉尤尔克,姑姑莫尔卡原来在华沙读书,后来去了伦敦,在那儿遇上了一个想和她结婚的英国人。家里三番五次去信问她,那个人到底是不是基督徒。质问信一封封地发了过去,却都石沉大海。莫尔卡的父亲决定去趟伦敦,把这个反叛的女儿给找回来。父亲还没出发呢,女儿的信就来了,告诉家里她已经结婚了。尤尔克的爷爷非常生气,发誓说,他从此以后再也没有这个女儿了,还不许家里任何人与她来往。可是,尤尔克的爸爸妈妈和莫尔卡很亲近,不想与她断了所有的联系。这也是尤尔克爸爸这辈子唯一一件向自己父亲撒谎的事。尤尔克的妈妈每年给莫尔卡寄一封

---

① 一种以农业为主的以色列集体社区形式。社区中一切财产归集体所有,成员之间完全平等,共同劳动,共同生活。第一个基布兹成立于1909年,是社会主义和锡安主义(即犹太复国主义)共同影响下产生的乌托邦社区。

长信，告诉她家里发生的一切，莫尔卡也每年写一封信回来，说说自己的情况。尤尔克爸爸从没给她写过信，他甚至连信都不读，但他什么情况都知道，他让妻子代为转告一切消息。莫尔卡的来信并不寄往家里。邮递员会给他们使眼色，告诉他们来挂号信了，尤尔克的妈妈随后就会去邮局取信。

尤尔克的爸爸不记得莫尔卡的具体地址。他只知道她丈夫的名字，知道他们住在伦敦。也许他早有预感，担心他们这个大家庭的人都不能幸免于难，他想让尤尔克知道，他还有个亲人活在这世上。可能他早就知道自己快要死了，一想到要把尤尔克一个人孤零零地留在这世界上，他就害怕了。虽然那天晚上爸爸跟他说了许多关于姑姑莫尔卡的事情，但对尤尔克来说，姑姑在他心里并没有比原先变得更真切、更实际，因为整个世界都是那么的不真实。尤尔克对此并没有太在意，所以很快就忘掉了那个英国人的名字。战后，他花了很大力气想要回忆起这个名字，结果都没想起来。

尤尔克离开家乡去了趟罗兹市①。他到一些犹太人集中居住的地方去查了查名单，想看看上面有没有列出他家人的名字，可是一个也没有。他拿出一些卖房子的钱，买了一

---

①波兰中部罗兹省的首府城市。

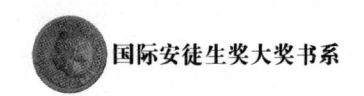

只手表、一件外套和一双鞋。然后他联系了犹太复国主义者地下组织,被分派到了一个小组中,准备与他们一同离开波兰,坐火车去扎布热①。出发前,同一小组中有个人帮他把剩下的钱换成了美元,尤尔克把这些钱都缝在了新衣服里。到了扎布热稍作整顿,第二天,他们就出发去捷克一个叫那霍德的边境小镇。尤尔克惊讶地发现,他们小组的那些负责人居然认识边境两边的警察。肯定早就用钱打点过他们了,所以他们既没查文件,也没问问题,但还是把所有的包翻了个遍。很快他们又出发去了布拉迪斯拉发②,在一座简陋的木头小屋里住了几天。

尤尔克现在所在的这个小组,都是要去意大利的波兰裔犹太青年。这让他想起了自己战后加入的那个小组。跟那个小组的人员组成情况一样,现在这个组里也有个"尤尔克",啥事都操心;也有个"罗伯特",这个年轻人帮每个人兑换波兰兹罗提③,然后拿去做地下交易。女孩子们的组成情况也一样:一共有四个女孩子,一个不错,一个有点自私,一个有点傻乎乎的,还有一个总是竭尽全力鼓舞大家的士气。但是尤尔克很难与大家共享同志友情和乐观精神,因为波

---

①波兰南部城市。
②斯洛伐克的首都。
③波兰的官方货币,在波兰语中为"黄金"之意。

兰之行让他感到太沮丧了。

来到奥地利维也纳后,他们被安排住在一幢像宫殿一样的房子里。从里面的气味和内部设施来看,这幢房子原是战时医院。尤尔克和他的新朋友们去镇上待了一天,因为其他人都没钱,尤尔克请大家吃了饭。大家都觉得尤尔克很有钱。不过,尤尔克没告诉任何人这美元是哪儿来的。

几天后,他们来到了奥地利的一个临时难民营。他们从那出发,要在夜间穿过阿尔卑斯山,通过勃伦纳山口,进入意大利。尤尔克还没有恢复原来的精神。他虽然在活动——这边站一站,那边走一走,也和别人说着话,但他的心根本不在那儿。就像另外有个自己在看着这个自己似的,告诉他什么可以做,什么不可以做。他知道其他人对他有很多期待,于是机械地做着他该做的事。记得一年半前,他第一次和罗伯特他们一起奔波时,当时他做事是多么的兴奋啊。

路上还有别的难民。有些难民已上了年纪,带着重重的铺盖行李,有几家还带着孩子。尤尔克帮他们拿东西,不好走的地方就帮他们一把。他甚至帮忙背着一个八岁的小女孩走了好几个小时。他们走了整整一夜才越过山口,天亮时到了一个小山村,那里有几辆犹太部队的卡车,已伪装成了美国军车等着他们。尤尔克在这之前就见过犹太部队了,但对于其他人来说,无疑就是梦想成真的时刻,因为这是他们

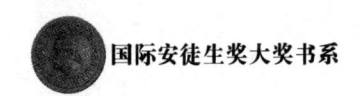

第一次亲眼见到了自己满怀崇敬之情的巴勒斯坦士兵。这可是真的犹太战士啊!

尤尔克把小女孩交还给了她的爸爸妈妈,他们不住地连声道谢。女孩的妈妈说:"年轻人,我到死都不会忘记你。"

他们跟他道别后,上了其中一辆卡车。尤尔克远远地看着他们。他们先把女孩递了上去,母亲随后爬上了车,丈夫再把行李递给她。

看到如此温暖的场面,尤尔克突然第一次感受到了巨大的伤痛。自从他和父亲与家里其他人分开后,这么多年,他一直在挣扎,努力让自己活下去。即使别的人不想活了,他依然不惜一切代价活了下来。因为必须有人活着,来讲述这个故事,来为这一段故事做见证。如今,这部分生命的篇章似乎已经完成,他终于可以为他的童年、为他逝去的所有至爱的亲人们哀悼了。

卡车顶部装着帆布顶篷。等所有人都上了车,士兵们过来关好了车门,提醒大家别发出声音。然后他们出发了。尤尔克没有一直跟他们在一起。半天后,他在一个小镇提前下了车,坐上一辆火车"回家"了。

第二章 罗 伯 特

那天傍晚,尤尔克回到了他去波兰之前住的那个山庄。他和伙伴们热烈相拥。其中一个叫丽芙卡的姑娘看到他后,两眼满含泪水。她是那种精力旺盛的女孩,很喜欢尤尔克,可尤尔克对此并没什么反应。出于"报复",丽芙卡常用一种半幽默半生气的腔调嘲弄他。

"她还以为你不会回来了呢!"罗伯特边说边眨着眼睛。丽芙卡二话不说,拿起一杯水就往他身上泼去。好在罗伯特早防着她有这一手,及时躲避,才没有被浇个浑身湿透。

大家把这段时间发生的一些事跟他说了说。尤尔克出门的这段时间里,大家发生过一些争执,只是谁也说服不了谁。还有,新住进来了一群年轻人,让这座山庄变得拥挤不堪。不过,组织向他们保证,一个月之内,他们会把部分人运送到海上的另一个营地,然后从那儿出发去巴勒斯坦。罗伯特、尤尔克、丽芙卡,还有丽芙卡的两个朋友贝拉和弗丽达

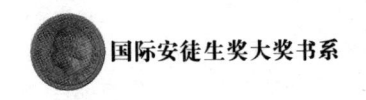

姐妹俩，都在要离开的人员名单上。

"你去吗？"尤尔克问罗伯特说。

罗伯特耸了耸肩说："我看着办吧。"

"怎么了？你觉得在巴勒斯坦就没法做生意了吗？"

"怎么会？不过那国家穷，机会有限。"

"这倒没错，"尤尔克说，"不过，从另一方面看，你在那儿更容易立足。你会成为某个新兴行业的创始人。"

"也许。"罗伯特没再说别的。

三个女孩中有一个跑了过来："嘿，这儿有个记者！"她拽着他们俩走出了食堂。

记者是巴勒斯坦犹太组织派来的，刚徒步从山下的村子爬上山来，这会儿还直喘粗气呢。他想为那些向往"应许之地"的年轻犹太难民拍摄一组照片，并打算把这些照片刊登在世界各地的报纸上。英国人不让这些在大屠杀中幸存的犹太人去巴勒斯坦，这是不对的。

尽管尤尔克很累，想睡觉，丽芙卡还是拽着他的胳膊，把他拖了出去。和以往一样，触碰到丽芙卡温暖的身体让尤尔克感到既高兴，又内疚。知道有人这么在乎他，尤其是一个和自己年龄相仿的女孩很想对他好，那种感觉的确很好。在他发烧时，丽芙卡那么尽心尽力地照顾他，足以说明她有多么喜欢他。对丽芙卡的这份关心，他没法说不喜欢。她总

是把他的衬衫和裤子熨得平平整整,一有机会就拽着他,或者拿胳膊搂着他。这是人性的温暖。尽管她有时表现得有些蛮横,但他还是挺喜欢她这个样子。但是,他知道自己永远也不会爱上她,意识到这一点后,尤尔克感到十分不安。所以有时候,他会故意疏远她,或者为一些琐事故意和她争吵,让她伤心流泪。然而更多的时候,他还是会笑纳她的殷勤,只是尽量不让自己去想:他答应给她的东西,恐怕是他

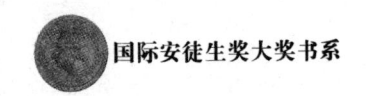

永远不能给予的。

波兰之行既辛苦又令人沮丧。尤尔克回来后一直在想，他刻意与丽芙卡保持距离，恐怕不仅仅是因为自己太固执，他只是想要一点点爱和温存。这么一想，他就乖乖地与她一道来到那群年轻人当中，摆出各种夸张的造型供那位记者拍摄。

之后，他们又回到了食堂，饭菜都已摆好了。尤尔克、罗伯特、丽芙卡，还有姐妹俩坐在一起。尤尔克拆开自己的外套衬里，取出钱，很自豪地把钱还给了罗伯特。得知尤尔克才把房子卖了这么点钱，罗伯特笑了笑，有点不以为然，不过尤尔克忍着没说什么。罗伯特不是刻意要伤害尤尔克，他的纯真和质朴也正是罗伯特最喜欢的地方。而且，在听了尤尔克的遭遇后，他也觉得，他的这位好朋友居然还能拿回点儿什么，已经够幸运的了。要是对方什么也不给，只请你吃颗枪子儿，也不是完全没有可能啊。

尤尔克也很喜欢罗伯特，尽管两人的个性很不一样。他有时会跟罗伯特开玩笑，说他应该留在意大利，做个黑手党头目。尤尔克是在集中营里认识罗伯特的，那时候他爸爸还活着。不过，那时候爸爸总是叮嘱他少和罗伯特来往，因为罗伯特和乌克兰牢房的牢头过从甚密，而那个人居然为纳粹做了一些见不得人的事。不过，就算那是真的，罗伯特最后也没得什么好处。有一天,他还遭到了鞭刑,连每天分发的面包份额都没拿到,因为那个牢头在巡视的时候,罗伯特没行脱帽礼。那天,罗伯特躺在铺位上,痛苦地呻吟着。而尤尔克的父亲已经快撑不住了,那个时候,除了父亲,尤尔克谁都想不到。等父亲咽了气,尤尔克为他合上双眼,才猛然发现罗伯特正死死地盯着这边。尤尔克读出了他眼中对死亡的那份抗拒,于是做出了在集中营里罕见的慷慨举动:打开父亲的破布包,取出父亲分来的那块面包,大大地咬了一口后,把剩下的递给了罗伯特。尤尔克根本就没意识到,他那会儿救了罗伯特一条命。

英国军队就要进驻集中营,德国人清空了集中营,把犹太囚徒们赶到别处去。大多数人死在了路上,不是饿死、冻死、累死,就是死在了枪口下。不过,罗伯特事先从另一个他要好的牢头那里得知了撤离的风声。那人把罗伯特和尤尔克藏进了集中营办公室的地下室,他们一直在那等到英军进驻到集中营。尽管两人是好朋友,尤尔克从来没问过罗伯特,他和那两个牢头到底是什么关系。在尤尔克看来,那俩家伙坏透了。

重获自由后,罗伯特有了很多施展才能的机会。他受英占区当局派遣,去德国村庄征收粮食,然后分发给集中营的幸存者和英军士兵们。农民们为保全自家的财产纷纷向他

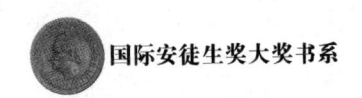

行贿,让他去没收邻居家的牲畜和粮食。罗伯特趁机大赚了一笔。

尤尔克则一面忙着和巴勒斯坦的信使取得联系,一面把那些向往巴勒斯坦的年轻人召集在一起。一个犹太步兵旅①的士兵帮他牵线,跟一个负责移民偷渡的组织取得了联系。他们需要钱,罗伯特说那不是问题。令尤尔克吃惊的是,罗伯特居然还提了价。他原先赚来的那笔钱足够支付他们所有人的移民费用了。

不久他们就分开了。尤尔克和他组织起来的那批年轻人出发去了布鲁塞尔。罗伯特仍留在老地方,在俄占区和英美占区中间地带的黑市交易中继续捞金。尤尔克他们的第二站是联合国设在罗马的一个大难民营,他们居然在那里相遇了。尤尔克发现罗伯特被抓起来了,罪名是他编造了一些德国集中营的编号,戴在难民手腕上,好让他们得到些特殊的好处。于是,尤尔克和另外两个朋友一起,设法把罗伯特从意大利警局弄了出来,并把他安全带回到他们住的那个山庄。罗伯特对此千恩万谢。就这样,两人的友谊更进了一步,尽管他们在所有事情上的想法都很不一样。

---

①犹太步兵旅成立于1944年,由英国政府精心挑选的犹太裔士兵及部分非犹太裔军官组成,总部设在埃及,主要对抗在意大利境内的德军势力。战后,犹太步兵旅中的一些人协助大屠杀中的幸存者们非法移民至巴勒斯坦——以色列地区。

钱是罗伯特唯一关心的东西。建立一个犹太国家的梦想在他看来幼稚得可笑。尤尔克所组织的年轻人为了给将来在基布兹的生活做准备，愿意义务为意大利农民干活，这在罗伯特看来更是荒唐至极。尤尔克则坚信，与犹太人民一起在他们自己的土地上建立一个新生的国家，是他的责任。他没有理会罗伯特的这些错误想法，他希望有一天罗伯特到了巴勒斯坦，也会被那里的理想主义精神所感染。当然，罗伯特是否打算去那儿还是个未知数。尽管这次尤尔克救了他，组织又任命他管理财务，罗伯特仍然明确表示，他会把自己的兴趣放在首位。不过，自打罗伯特来了之后，他们确实比以前富足很多。

他们住的那个山庄坐落在山上，共有三层，有三十间屋子，几公里外有一个风景如画的意大利小镇。犹太复国主义组织租下了这个山庄，供一批批年轻的移民们居住。由尤尔克组织的首批青年移民已启程前往巴勒斯坦。尤尔克则留下来，和罗伯特一起管理这个安置点。罗伯特很快从中发现了商机，他的想法其实很简单：每一批难民在离开这里去巴勒斯坦前，会把联合国发放的定量配给卡留下来。凭着这些配给卡，罗伯特领到许多粮食。他把这些越领越多的粮食卖给当地小镇上的意大利居民，从中大赚一笔。

住在山庄中的男孩子们要为当地的农民和工匠们干

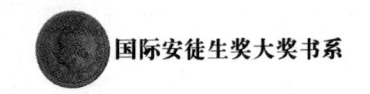

活,从而学门手艺,他们的工钱以集体的名义存起来。女孩子们则大都在山庄里劳动,烧饭、打扫卫生。每个女孩各自负责几个男孩的卫生,帮他们打扫房间、洗熨衣服。一般来说,女孩子们都乐于待在"家"里工作,不过,也有些女孩子更愿意外出做工,她们也被允许这么做。

罗伯特留在这里,倒不全是因为他赚的那些钱。他挺喜欢和这群人在一起,尤其是女孩子们,她们也挺喜欢他。罗伯特很大方,常用他赚来的钱请大伙儿去看电影。丽芙卡和罗伯特走得特别近,她想利用罗伯特让尤尔克心生嫉妒,可惜没有用。有次罗伯特告诉尤尔克,丽芙卡为他伤透了心,于是尤尔克打算找她好好谈谈。他告诉丽芙卡,自己挺喜欢她,而且也很看重和她之间的友谊,但这并不等于他爱她。现在想来,他不知道那次谈话是把事情解决了,还是把事情弄得更糟糕了。他搞不清楚,丽芙卡是从此放弃这份感情了呢,还是适得其反,让她比原来陷得更深了。

"你怕女人,这可是个问题,"罗伯特大笑着说,"不如哪天晚上跟我去镇上吧,那儿有个好地方……"

尤尔克什么都不想听。

山庄里的年轻人来了又走,走了又来,只有他们五个一直留在那里。尤尔克是总负责,罗伯特是财务主管,丽芙卡是总管家,贝拉和弗丽达姐妹俩则是丽芙卡的助手。他们是

一个紧密团结在一起的大家庭。

有一段时间,也不知道是出于寂寞,还是想证明罗伯特的论断有误,尤尔克开始和贝拉走得很近。尽管他们一起进城看了几部电影,散了几次步,但就算有迷人的风景和醉人的春色,尤尔克还是无法陷入爱河。而且,他的这番行为扎扎实实地把丽芙卡受伤的伤口又重新撕裂了。丽芙卡和贝拉大吵了一架。尤尔克决定谁也不理了,这结果让大家都很伤心。尤尔克由此得出了一个结论,所谓爱情,不能强求,需随缘。但他并没想到,他的爱情会来得这么快。

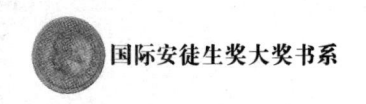

第三章　一个惊人的发现

梅兰妮坐在餐桌边若有所思，玛丽在一旁开始收拾盘子。梅兰妮的丈夫——詹姆斯·福克纳先生下楼去书房了。梅兰妮想：詹姆斯肯定把东西忘那儿了，他昨晚大概就在为今天的庭审准备材料吧。她笑了笑。虽然他看起来不苟言笑、一板一眼，但骨子里还是有点儿散漫和淘气。

这是个和煦的冬日，伦敦街头一派战后重建的繁忙景象。尽管战争在两年前就已经结束了，但是忙乱的重建工作仍在继续。德国刚投降不久，詹姆斯以他惯有的政治远见，曾略带伤感地对她说过："我们虽然赢得了战争，但恐怕要失去大英帝国了。"

事实也确实如此。首相艾德礼已经宣布同意印度独立，那么，巴勒斯坦会不会成为下一个独立的国家呢？梅兰妮和丈夫时常会谈到这个问题。她无法想象那些犹太先驱者们，要如何再去抵抗本国内阿拉伯人的袭击。因为这些阿拉伯

人的背后有一些阿拉伯国家和领导人撑腰，比如埃及国王法鲁克一世和外约旦①酋长阿卜杜拉。最近，她的这个担心加剧了，因为梅兰妮找到了她在华沙大学读书时的一个好朋友，并且联系上了她。这位好朋友从战争中幸存了下来，现在在巴勒斯坦的一个基布兹农场生活。不过，梅兰妮的丈夫倒觉得，犹太人自己能搞定这一切。

"战时在巴勒斯坦，我有很多机会观察他们，梅兰妮，我敢说他们绝对会让我们所有人都大吃一惊。"

梅兰妮当然愿意相信丈夫所说的话，但她内心还是挺悲观的。毕竟在二战中，欧洲的犹太人经历了多么大的一场浩劫啊。

她一边喝着咖啡、抽着烟，一边看着玛丽搞卫生。早在三十年代末，梅兰妮在她第一次来英格兰的时候遇见了詹姆斯。说起来，这还得归功于约瑟夫·康拉德。康拉德出生于波兰，孩提时候就离开了家乡。在英国商船舰队服役多年后，成了著名的英国小说家。梅兰妮读的他的第一本小说叫作《吉姆老爷》，然后又读了他的《胜利》，当然，她读的这些都是已翻译成波兰语的小说。一开始，她那信奉东正教的父

---

①约旦原是巴勒斯坦的一部分。第一次世界大战以后，英国以约旦河为界，将巴勒斯坦一分为二，约旦河以东建立外约旦酋长国，实际为英国统治地区，阿卜杜拉是英国政府所承认的外约旦统治者。

亲不允许她从图书馆借阅这类"不敬畏神的书籍"。不过,在答应女儿就读当地中学以后,父亲对这类书只好听之任之,没什么别的法子了。尽管如此,对于她带回家的书,父亲还会常常检查一下。不过,把父亲不喜欢的书藏起来不让他发现,还是挺容易的。约瑟夫·康拉德激发了梅兰妮学习英语的兴趣,因为她想读小说的英文原著。

梅兰妮以优异的成绩读完了高中。在父母给她介绍了一个"优秀的犹太男孩",打算让她嫁人那会儿,她逃到了华沙,进入大学开始学习英国文学。大大出乎她意料的是,父亲很快就原谅了她,还给她寄来了一个月的生活费。在大学读了三年之后,她决定要实现自己的一个梦想——去伦敦旅游。为此,她打了半年工,赚够了路费和住宿费,打算在英国首都住上一个月。就是在英国旅游期间,她遇上了詹姆斯。

那次相遇纯属偶然。不然,一个波兰来的犹太穷学生,怎么可能有机会认识英国法律界才华横溢的大律师呢?时隔这么久,一想到当年的邂逅,梅兰妮还是会忍不住起身走到镜子前端详自己。无疑,看着镜子里的自己,多少可以帮她解释这一切。每次她问詹姆斯,到底是什么让他决定娶她时,他总是说她的美貌完全俘虏了他。

不过,尽管詹姆斯一直坚持说她依然貌美如旧,第一缕皱纹还是悄悄地爬上了她的脸颊,那满头金黄色的头发也

开始出现白发了。梅兰妮背朝镜子,转过身回到餐桌旁,玛丽正麻利地收拾她的咖啡杯和烟灰缸呢。

"要不要再给您来点儿咖啡,福克纳夫人?"

"不用了,谢谢你,玛丽!你可以把桌子上的其他东西都收拾了。对了,去看看报纸到了没有?"

梅兰妮看着玛丽下楼去了。书房里有东西掉地上了,詹姆斯嘴里骂了句什么。她笑了。或许在俱乐部,男人们都会说这样的脏话。不过,她可不能去他的俱乐部。

有时候,梅兰妮相信命运。好像一切都事先在某个地方写好了似的,然后,一切照着写好的内容按部就班地发生,包括她和詹姆斯的偶遇。詹姆斯笑话她这是迷信。他至多承认人不可能什么事都由着自己的意志来。你可以说这是命运,或者纯粹是误打误撞。不管是哪一种,都不可能在实验室里进行检测和试验。

他们是在街上相遇的,她当时刚巧从一个书店走出来,而詹姆斯正要走进这家书店。他当时肯定兴致高昂,因为他一边自得其乐地吹着口哨,一边挥动着他的手杖。那柄手杖现在还挂在他们卧室的墙上呢。詹姆斯有时候还会这样问她:"我那手杖当时真把你戳得很痛吗?你是不是装的啊?"

"我为什么要装疼啊,詹姆斯?"

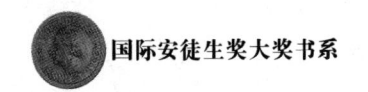

"你们女人都这样,喜欢扮演受害者,对吧?"

"詹姆斯,我可是个解放女性啊!"梅兰妮每次都得这么提醒他。

他的手杖戳到了她的腿上。那是根金属头的手杖,他自己也承认,手杖敲在骨头上可不是闹着玩的。也许他老这么问,只是想记住那一天吧。

他向她伸出手,把她扶进了书店,扶她坐下。然后,他坐在她身边,一个劲地道歉。他拿出手帕给她做绷带,四目相对,她心里涌起了一股暖流。

事情的开端就是这样的。

尽管梅兰妮的家人强烈反对,他的那些没见过梅兰妮的法官同事们也跟着嘲笑他,詹姆斯·福克纳却坚定不移。梅兰妮也很坚持,不肯让步。梅兰妮的父母宣布与她断绝关系,甚至为她穿上丧服——正统犹太教家庭中如果有人违背信仰出嫁,家人都会这么做,尽管梅兰妮并没有改变信仰。只有她的哥哥和嫂子后来还跟她保持着联系,不过是偷偷地进行。

战后,梅兰妮固执地坚持一趟一趟地跑伦敦的犹太事务局,去那里核对不断更新的大屠杀犹太幸存者名单。詹姆斯笑称她为犹太巡查人员。他会时不时地问:"梅兰妮,你最近去做犹太巡查人员了没有?"

梅兰妮坚持不懈地跑遍了伦敦各大犹太事务局,读遍了那些长廊里挂着的公告板上的幸存名单。不是所有的名单都是按字母顺序排列的,就算是按字母顺序排列的名单,她也每一行都看——确保一个不漏。有时她还真发现有名字写错了。她就是照这个方式找到了老朋友汉娜·梅耶尔的名字,在心中升起了新的希望。毫无疑问,这是个好迹象,只要她继续努力,她应该能找到更多、更亲近的幸存者!一开始,她每天都去一趟;接着是每周去一次;最后,她会先打电话,确定来了新名单后再过去一趟。

她给汉娜写了封信,之后收到了一封长长的回信,从中知道到了老朋友的近况。汉娜在大屠杀中失去了丈夫和两个孩子,现在住在巴勒斯坦的基布兹农场,她还邀请梅兰妮去农场参观。事实上,自从上次在一本新闻周刊上读到基布兹的介绍后,她对基布兹一直很有兴趣,詹姆斯也答应过她,将来有一天他们要去趟巴勒斯坦。他很想去会会那些在中东一起服役的老战友们,但目前那里的局势十分紧张,他只好推迟了行程。

梅兰妮也写信把自己在伦敦的近况告诉了老朋友,包括詹姆斯,以及她没找到家人的情况。汉娜的情况跟她一样。她虽然在战后回过波兰,全力以赴到处找寻,但还是没有找到一个幸存的亲人。

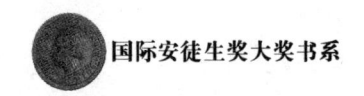

梅兰妮想起了自己回到出生地的情景。她庆幸自己不是单独出行，而是由英国大使馆的一个官方代表陪同前去。当时看到的一切和战前没什么两样，波兰犹太人在那儿的生活结束了。当地居民指着一座被烧毁的房子对她说，她的家人在被抓到集中营前已搬到了那里。她知道他们在说谎。原先的那个护林员——现在是当地的共产党主席了，对她发誓说，他亲眼看到她全家被杀。他甚至还带她去看了所谓埋葬她家人的地方。虽然她给了他一些钱，让他代为修个墓碑，但其实她根本就不相信他说的话。

在最近的信件中，汉娜说她嫁给了一个基布兹人，而且已经怀孕了。梅兰妮在回信中为她送上了最美好的祝福。她和汉娜同年，都是三十七岁。她把这事告诉了詹姆斯，不过他什么也没说。

梅兰妮挺羡慕汉娜。战争刚爆发那会儿，她和詹姆斯都还年轻，有很多事要做，生孩子的事只好推迟了。谁能料到战争会持续这么久呢？詹姆斯在埃及的英国军队中服役了三年，梅兰妮在伦敦一家医院做志愿者。每隔一两个月，詹姆斯才能飞到伦敦执行一些任务。他们自然就把生孩子的计划推迟到战后了。等到战争结束了，他们却认定自己年纪太大，不适合生孩子了。

玛丽拿着报纸回来了，梅兰妮接了过去。玛丽又想把她

的烟灰缸和咖啡杯收走,被梅兰妮挡了下来。她的目光落在了《犹太纪事报》头版几个年轻人的照片上。文章的标题是这么写的:集中营获救青年现滞留在意大利。

梅兰妮接着往下看:"英国人和全世界的犹太组织对国王陛下领导下的政府阻挠犹太移民进入巴勒斯坦深感愤怒。我们的犹太幸存者究竟还要等多久,才能得到允许进入应许之地呢?"

看到这里,梅兰妮似乎听到了首相的笑声。他经常举办鸡尾酒会。有一次,首相艾德礼眨巴着眼睛笑着对她说:"应许?嗯,这不是我们应许的,福克纳夫人。"

梅兰妮眯起眼看了看那张照片。突然,她跳了起来,随即又坐下。"不会吧!"她激动地大声自言自语道,"不会吧……"

她又站了起来,急匆匆地走到詹姆斯收藏邮票的那个抽屉边,手忙脚乱地翻出一副放大镜,冲回到餐桌边。

"出什么事了吗,夫人?"玛丽在门口紧张地问。

"没有,玛丽,没事。你忙去吧。"

梅兰妮兴奋地把报纸摊在餐桌上,然后戴上读报镜趴在上面看;没一会儿,又摘下她的读报镜,再拿着放大镜看。可是放大镜把一切放得太大、太模糊了,还不如只戴着眼镜看得清楚。不一会儿,她又匆匆跑进卧室,找出床头柜里的家庭相册本。那里面有她父母、两个姐妹还有哥哥阿图尔的

39

快照。另外还有她的两岁照、她五六岁时和父母的合照。她记得那是他们去摄影师潘·克里斯波杰的摄影店拍的照,他让他们在那台奇怪的机器前站了好长时间,让他们把脑袋这样摆那样摆。最后,他把自己藏在一块黑布底下,这番痛苦的折磨才总算结束了。还有一张高中毕业照,全班有三十个犹太男孩、两个犹太女孩,她是其中的一个。

梅兰妮一把抓起相册,回到餐厅。报纸和放大镜都不见了。

"玛丽!"

玛丽从楼上的房间跑了下来。

"夫人,什么事?"

"报纸哪去了?"

"我以为……"玛丽的声音低了下去,"我只是把它们放一边了,夫人,对不起……"

梅兰妮放下相册,拿回了报纸和放大镜。"等一下。"她叫住了正准备上楼的玛丽。她打开相册,盯着她哥哥的一张照片。这回放大镜真派上用场了——这张照片是哥哥十六岁时照的。梅兰妮仔仔细细地端详了照片,又转头看报纸上的那张照片。她就这样来来回回、反反复复地看了好几遍。然后,她把相册搁在报纸旁,把放大镜递给了玛丽。

"玛丽,你看出什么没有?"

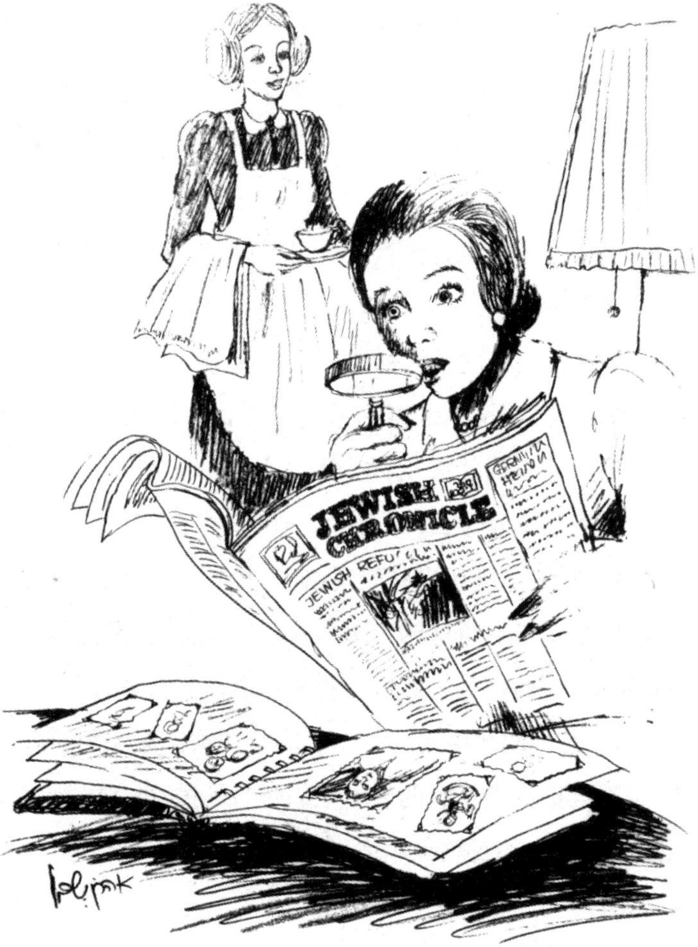
JEWISH CHRONICLE
JEWISH

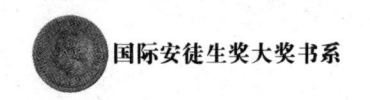

玛丽不明白女主人究竟想让她做什么。

"你先看相册里的那个男孩……对,然后,拿着放大镜,再看报纸上的这个男孩。"

玛丽从没有用过放大镜,她皱着眉头,左右晃着那放大镜。梅兰妮一把将放大镜抓了过去,让她别用了,直接看着比较一下两个男孩。

"可是,夫人,这里面有这么多男孩,我都弄糊涂了。您指的是哪一个啊?"

"请到我丈夫的抽屉那边拿支铅笔来。"

玛丽拿来了铅笔,梅兰妮拿它在报纸上圈出了一个男孩。"你这下看出什么没,玛丽?"她问。

"您想让我说什么,夫人?"

梅兰妮尽量不让自己表现出不耐烦,说:"我想让你告诉我,你是不是觉得这两个男孩看起来很像,就是这样。像还是不像?别着急,好好看。我想知道你怎么看。"

玛丽是个聪明的女仆,总是能很快猜出东家想听什么话,她就会把他们想听的说给他们听。不过这一次,她实在不知道女主人到底想听什么。

"呃,头发不一样……"她开口了。

"别管头发,也别管衣服。就看他们的脸。怎么样?"

玛丽半晌才开口。梅兰妮紧张地等着她的回答,感觉就

像在法庭上等待陪审团的裁决一样。

"是的,夫人。他们看起来很像。这样行吗?"

"行,玛丽。不过,你要是想说他们不像也行。你到底觉得像还是不像?"

玛丽又仔细看了看两张照片。

"我还是觉得他俩挺像的,夫人。"

梅兰妮长舒了一口气:"谢谢你!没你事了。我丈夫出门了吗?"

"福克纳先生正在穿外套。"

梅兰妮朝前门跑去,大声喊道:"詹姆斯,詹姆斯,等一等!"

詹姆斯回到门厅来,问道:"亲爱的,有事吗?"

他把公文包和帽子放在桌上,向她走过来。梅兰妮努力控制着自己的情绪——丈夫那敏锐的眼光很有可能会把她那一点点希望给粉碎了。

"我想让你看个东西。我真不敢相信,但是……给,你来说说。"

她把放大镜递给他,默默地指了指那两张照片。詹姆斯瞥了一眼后就坐了下来,仔细地凑近照片,审视起来,一脸冷峻的表情。梅兰妮太熟悉这表情了,他在法庭上工作时就是这个样子。

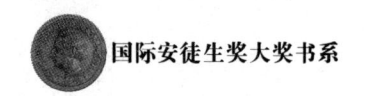

"这张是你哥哥阿尔伯特的照片，对吧，这张呢？"他看着报纸，"这张脸是你圈出来的？你想到了什么？"

"詹姆斯，你该记得我哥哥的名字是阿图尔。现在，跟我说说你怎么想。"

他想了想，才开口说道："是的，亲爱的，这两个人的确很像。抱歉，我得走了，不然就迟到了。"

他轻轻地吻了吻她就走了。梅兰妮依然坐在桌边，陷入了沉思。她时不时地看一眼这两张照片。过了一会儿，她一反常态地叫玛丽再给她拿杯咖啡来，还有烟灰缸。

后来，梅兰妮在镇上跑了一整天，才拖着疲惫的身子回到家。詹姆斯要到吃晚餐的时候才回家，她没耐心再等了，想马上给他打电话。他不在办公室，也不在法庭。她试着给俱乐部打了电话，人家跟她说詹姆斯还没来呢。她在电话里留了言，半小时后，詹姆斯回电了。

"你在找我，亲爱的？"

通常情况下，她从来不在白天打扰他。就算有什么紧急情况也会等到晚上再说。正因为这样，他回电话时显得很担心。

"是那些照片的事。"

"我可不想让你失望。那两个人的确有相像的地方，甚至可以说，长得很像。可是，我亲爱的梅兰妮，我们都是亚当

和夏娃的后代啊。"

"听我说,詹姆斯。似乎有个声音在告诉我,我的预感是对的:那个男孩还活着。我相信这是个奇迹。想想吧,这个时候,你们政府派出的皇家舰队——大不列颠的骄傲,还在阻止他去巴勒斯坦呢……"

"亲爱的,"詹姆斯宽慰她,要她明白自己搞错了攻击对象,"你知道我对艾德礼的中东政策是怎么看的,我甚至直截了当地跟他说了我的想法。不过,他坚持认为,我思想这么偏颇全是因为你的缘故。"

她听到了詹姆斯在电话那头笑了笑。

"他们担心的是,"詹姆斯继续说,"一旦英国政府向难民们敞开了巴勒斯坦的大门,他们就会失去在当地的中立地位了。"

"中立,中立!"梅兰妮说。

"可能我们很快就能走出困境了。你知道吗,外交部长打算向联合国提交巴勒斯坦问题,对此,我还大大夸了他一把呢。不过那才是一个多礼拜前的事,我们再等等,看局势会有什么变化。"

"你真的很信任联合国吗,詹姆斯?"

"那是最能解决问题的地方了。不管怎样,我不会只靠一张印在报纸上的照片做判断,你应该找到原件。"

45

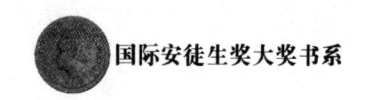

"我找到了,我去了报社。原件看起来更像。我问他们这照片是在意大利的哪个地方拍的,他们说这要去问犹太事务局,我又去了那里。"

"这么说来,你今天一直在忙啊。"

她把今天的事都讲了一遍,詹姆斯在电话那头耐心地听着。最后他问:"如果这个男孩还活着,你认为他会知道你是谁吗?"

"我相信他记得我。我是他姑姑莫尔卡,出了国后来死在异乡的那个。他很小的时候,家里人就是这么告诉他的。我上大学那会,他还是个婴孩呢。不过,我后来回家时见过他。我最后一次见他的时候,他应该有八岁了。很难说在他长大后,家里人有没有把真相告诉他。我给他妈妈写的信里从来没问起过这个。但是,我确信,如果他知道我现在的名字和地址,肯定早就给我写信了。"

"你肯定知道他叫什么。"

"他叫朱利安·戈登伯格,昵称是尤尔克,怎么啦?"

"听起来不太像犹太人的名字。"

"我的哥哥阿图尔是个现代派,詹姆斯。你也可以说他被同化了——他很喜欢波兰诗人朱利安·杜维姆的诗,想努力融入到波兰人的生活中去。不过这对他没有用,或者说,对任何犹太人都没用。"她叹了口气,"他跟我断绝关系完全

是因为父亲的缘故。父亲怎么说,他就怎么做。即便如此,他还跟我保持联系。是的,朱利安·戈登伯格。我只要他们告诉我,这照片是在意大利的什么地方拍的就好了。你能想象吗,他们居然不肯告诉我!他们居然说不知道。不过,我才不信呢。"

"你戴着你的新帽子,他们还是不肯告诉你吗?"她丈夫问道。她感觉得出来,詹姆斯在电话那头又在微笑了。

梅兰妮也笑了,很快又恢复了平静。

"那些掌管犹太非法移民的人——"

"詹姆斯,你怎么能说犹太人回到自己的土地上是非法的呢。"

"对不起,亲爱的。我是说,犹太人移居到他们神圣的土地上是高度机密的。你也知道你现在站在他们的对立面,他们不想让别人知道他们营地所在的位置。犹太事务局很了解,你是福克纳先生的妻子。"

她知道他还在等着听她解释,为什么会打电话给他。于是,她说道:"他们让我去耶路撒冷的犹太事务局问问。"

他等着她继续说下去。

"詹姆斯,我有事必须得跟你说。"

"我听着呢,宝贝。"

"我下决心去一趟。"

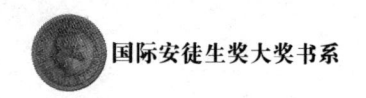

"去耶路撒冷？"

"是的，詹姆斯。"

"亲爱的，这么做是不是有点过了？尽管在另一方面……好吧，我确实很相信你的直觉，尽管听起来有些不合逻辑。我得事先提醒你，到头来你可能会很失望。你得做好思想准备，不然会心碎欲绝。我……我唯有祝你好运，并尽我所能提供方便。我在耶路撒冷有个朋友——斯科特上校。我甚至觉得，拦阻难民的活，他也参与其中了——当然，他只是执行命令而已。你到那里以后，他会很高兴帮助你的。我想，你可能见过他一面。我会让秘书打点好一切的——"

她一反常态地打断了他："我已经都安排好了，詹姆斯。我买好机票了。"

"有时候你真让我吃惊不小啊。希望今天晚上我回家时你还在家。"

她松了口气，笑了。他并没反对她！这再一次证明，梅兰妮信任他是对的。他永远都支持她，就算要承担一定的压力，他还是支持她。她越来越爱他了。她从来就没有忘记过，当初为了捍卫他们的爱情，他是怎样面对他自己的父母和专横如暴君的祖父。虽然她自己的父亲跟个暴君也没什么区别。

"如果你真能把他带回来的话，希望他有机会接受教

育,毕竟他在欧洲吃的苦统统过去了。"

"我估计他已经十七岁了,詹姆斯。我不能完全保证,他会不会像个孩子似的让我带回家。我至多是他的姑姑。不过,就算这样,我也是他在这个世界上最亲的人了。"

"还有我。"福克纳先生说。

"谢谢你,詹姆斯!"梅兰妮深情地说。

"你坐什么时候的飞机?"

"明天一早。"

"你有时候不只是让我吃惊,"詹姆斯笑着说,"简直让我目瞪口呆。"

"我自己有时候也目瞪口呆呢。"梅兰妮承认道。

"是哪家公司的飞机去巴勒斯坦?"

"帝国航空。"

"嗯,至少他们的飞机质量不错。是达科塔 DC3 机型吧,如果我没弄错的话。不过,你得飞很长时间。"

"我知道。他们告诉我,就算中途不停留的话,也得航行二十个小时。"

"中途会停靠哪几个地方?"

"巴黎、罗马、雅典,可能还有尼科西亚,不过停的时间都很短。"

"是的,也就是加点燃油,让乘客们上、下飞机而已。恐怕我得马上给斯科特上校发个电报了。"

"我不知道他能帮多大的忙,詹姆斯,得想想人家的工作。"

"不管怎样你要去那里,我得通知他。这样,你去拜访他的时候不至于让他太吃惊。"

"如果有时间的话,我也想去看看我的老朋友汉娜。"

有那么一会儿,詹姆斯不知道她说的是谁,然后他想起来了:"就是那个结了婚、去了基布兹的朋友吗?还是先去基布兹后结的婚?"

"我想象不出来她现在什么样了,"梅兰妮若有所思地说,"在华沙,还是学生的时候,我们是很好的朋友。只有跟她通信时,我才讲到你我两人的事。"

"这让我对她的印象更加好了。"詹姆斯说。稍微停了一下,他又补充道:"我会早点回家的,梅兰妮。"

我们可能不会有孩子,不过,我们真真切切拥有彼此,梅兰妮突然这么想着,心里暖暖的。

第四章 特 蕾 莎

一辆破旧的小货车"吱吱呀呀"地沿着弯曲的山路爬到了山顶,停在了山庄门口。司机按了按喇叭,尤尔克从车上下来,跑到前院大声喊:"莫特科,开门!"

有人觉得莫特科有点反应迟钝,但在尤尔克看来,莫特科只是和周边事物不太合拍而已。只有尤尔克愿意让莫特科跟他们一起住,是他说服了罗伯特,让莫特科住进来,也只有尤尔克一个人从不喊他"嘿—莫特科"。

莫特科打开了两扇大门,让货车轰隆隆地开进院子。住在山庄里的人懒洋洋地从房间里走出来,一边打着哈欠,一边伸着懒腰。

那个意大利司机和大家打了个招呼,还开起了玩笑。他会说点波兰语、罗马尼亚语,甚至意第绪语①。反过来,住在

---

①中东欧的犹太人及其在各国的后裔说的一种语言,它以希伯来语字母书写。

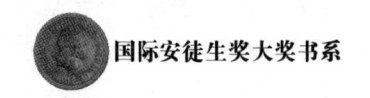

院子里的人也能说点蹩脚的意大利语。尤尔克和大家一起把一箱箱的蔬菜从货车上卸了下来。

刚卸完东西,尤尔克就看见一个女孩走到司机面前,用手势比画着请司机顺道带她进城去。他以前从未见过这个女孩,毫无疑问,她是新来的。尤尔克走过去时,那女孩恰好转过身来看了他一眼。顿时,尤尔克的心猛跳了一下。尽管她又转过头和司机说话了,但尤尔克的眼睛再也没能从她身上移开。他曾听罗伯特说过,新来的一批人当中有个非常漂亮的女孩,但罗伯特几乎对每个女孩都是一样的评价,尤尔克也就没在意。

二楼有人打开了窗户。丽芙卡指着新来的女孩大声嚷着什么,而贝拉和弗丽达紧挨着站在她身边。

"怎么了?"尤尔克问,"今天是她值班吗?"

三个女孩没有接话,一会儿工夫就来到了楼下。"只要我们晚上进城去看电影,或者去玩,她从来不愿意和我们一起去。"丽芙卡说,"可每次只要有机会,她总是一个人往城里跑。"她说的就是这个新来的女孩——特蕾莎。

特蕾莎看上去大概十六岁。她默不作声,看了一眼尤尔克,又朝三个女孩看了看——她们三个盛气凌人地站在一旁。

尤尔克不知道丽芙卡为什么会那么生气,就问道:"你们在说什么?"

弗丽达忙回答:"昨天,我们发现她去城里干了什么。"贝拉也忙点头附和。

"发现了什么?"尤尔克来了兴趣。

"你以为很好玩吗?"丽芙卡赌气说,"你看,这儿。"

说着,丽芙卡快步走上前,将特蕾莎脖子上的项链猛地

一拉。特蕾莎毫无戒备,赶紧护住。她们争来抢去,最终丽芙卡把她藏在内衣领子里的项链扯了下来,像个胜利者似的高举在手中。项链下面悬挂着一个小小的镶金十字架[①]。丽芙卡大声说:"她去教堂,她就是为了去教堂!"

特蕾莎两眼含泪,一把将项链夺了回去。尤尔克前来解围:"这是她的事。她想进城就进城,她想在城里干什么就可以干什么。"尤尔克走到特蕾莎身边,说:"让我看下那条项链,也许我能帮你修好。"

特蕾莎的眼睛蓝蓝的、亮亮的,眼角有点向上斜,显得特别迷人。尤尔克心想:怪不得丽芙卡跟她过不去,也怪不得其他女孩似乎都不大喜欢她。

尤尔克不难想象,这个十字架是从哪来的。跟特蕾莎有类似经历的青少年,尤尔克碰到的可不止一个了。为了躲避纳粹的迫害,他们从小要么被收养在基督教家庭里,要么由修道院或寺院收留。要不是战后他们的亲戚或犹太政府官员来认领,他们压根儿就不知道自己是犹太人。这事解决起来并不简单:那些基督教家庭早已把他们当作自己的孩子,常常拒绝把孩子交出去,因而离别的场面特别令人心碎。战争虽然是结束了,但战争带来的问题仍未了

[①] 十字架是基督教的信仰标记,天主教徒和东正教徒在胸前画十字或佩带十字架以坚定信仰、作洁净之用或以纪念耶稣为拯救全人类而死亡。

结。尤尔克看着特蕾莎,想努力猜出她身上有怎样的故事。特蕾莎飞快地偷看了他一眼,尤尔克感觉自己的脸红了。特蕾莎的脸也红了。

特蕾莎从尤尔克手中把扯断的项链拿了回去,爬到车上,坐到司机旁边的座位上。

"她想去哪就可以去哪。"尤尔克又说了一遍,"下次有时间我们再一起讨论吧。"

嘿——莫特科打开了门。货车司机按了按喇叭,发出刺耳的声音,"轰隆隆"地出发开回城里去了。

"你不懂,"丽芙卡说,"她根本就不想做犹太人。她在这里干吗?她干吗要和我们一起去巴勒斯坦呀?让她滚回波兰去得了!我们受那些天主教的罪①难道还不够吗?每天还得看她在胸前画十字。"

"这太过分了吧,丽芙卡。"另一个女孩说道,"她还是挺可怜的。我在波兰见到过像她那样的人,他们挺不容易的。不管怎样,她也是犹太人。她要不是犹太人,也不会在这里。"

尤尔克离开她们,去查看厨房。

---

① 波兰是一个典型的天主教国家,大部分波兰人信奉天主教已经成为波兰文化特色的一部分。而犹太教是维系全体犹太人之间认同感的传统宗教。由于犹太教徒认为救世主尚未来临,不承认耶稣基督是救世主,一直受到基督教世界(包括天主教)的歧视和迫害。

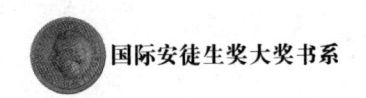

贝拉在他后面大声问道:"今天晚上,你要和我们一起去城里看电影吗?"

"好啊。"尤尔克愉快地答道。

贝拉姐妹俩挺好的,就是不怎么漂亮。她们都是坚定的犹太复国主义者。她们俩想的东西差不多,做的事情也差不多,连长相都差不多。她们像极了上世纪末在巴勒斯坦帮助创建第一批犹太农场的女先辈们。

那天,尤尔克后来在食堂想找特蕾莎,但他一直到第二天早上才又看到她。当时,他感到内心有一种前所未有的焦虑和激动。他走过去,在她旁边坐了下来。他们很礼貌地互相寒暄了几句。项链仍挂在她脖子上,但看不出来那个十字架是否放在内衣领子底下。他先问她是否已经请人把项链修好了,渐渐地就感觉好多了,聊得很投机。

如果偶尔一次坐在特蕾莎旁边,大家还可能认为那只是巧合,但接下来几天,尤尔克都坐在她身边。有一天早上,罗伯特跟他们坐在了一起,还和特蕾莎聊了起来。罗伯特用他特有的魅力在那里谈笑风生,没有给尤尔克任何插嘴的机会。

那天晚上,为了庆贺罗伯特前一天买了一个新的曼陀铃①,大家在客厅举办了一个聚会。大家分别用意第绪语、波

---

① 一种类似小提琴的乐器,起源于意大利。

兰语、俄语和希伯来语唱着歌，罗伯特展示了他的另一个才艺——用乐器为大伙伴奏。他说话的声音很动听，而大家也常常因此就原谅了他的种种恶作剧。确实，没有人会一直不喜欢他。

但第二天一早，罗伯特抢在尤尔克之前，坐到了特蕾莎旁边。一开始，尤尔克努力告诉自己这没什么，但接下来两天依然如此，他不得不承认，自己有个竞争对手了。而且，假如罗伯特当真要和他争夺特蕾莎的话，尤尔克会在竞争中面临极大的压力。但尤尔克想，不和罗伯特斗一斗，他是绝不会放弃的。

尤尔克不知该怎么和他斗。要是放在以前，这种事情完全可以通过决斗来解决，但现在事情可没这么简单了。他开始对罗伯特话里挑刺，不管是在办公室还是在房间里，只要两人在一起，他就在所有的事情上和他唱反调。

他们第一次吵架是因为罗伯特的床。罗伯特的床连续几天总是乱糟糟的，每次都是丽芙卡来帮他收拾。尤尔克以前并没为此发过火，但现在他感觉特别不舒服。接下来他们因为一盏灯又吵了起来。罗伯特喜欢在夜里读一些廉价的英语恐怖小说，而突然间这灯让尤尔克睡不着觉了。

"别打扰我，"罗伯特说，"我在学英语呢。"他还没觉察到他们之间的关系已有所改变，或许，他只是假装没察觉。

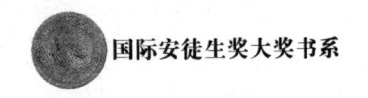

"你又不是在学希伯来语。"尤尔克厉声说道,"我要睡觉了。关灯!"

"我不关,这又不是你一个人的房间。"

尤尔克爬起来,把灯关了。罗伯特站起来,又把灯打开,就站在开关前。尤尔克一把将他推开了。尤尔克突然觉得两人之中,自己更强些。看到嘿—莫特科—脸惊恐的样子,尤尔克才住了手。嘿—莫特科对他俩都很依赖。他以前总是被人嘲笑,被人捉弄,好不容易有了两个强大的兄弟,他们居然要针锋相对了。尤尔克不再坚持,回到了床上。

罗伯特关了灯,然后问道:"尤尔克,怎么回事,我哪里得罪你了?"

"没有,你只是让我很烦。"尤尔克说。

尤尔克不知道,他生气是因为特蕾莎。过去可以决斗,现在呢,尽管方式不同,但为漂亮的女孩打架还是很普遍的。

后来有一个星期,他不得不和罗伯特一起,去了一趟联合国总部设在罗马的办事处。他们坐火车去,跟以往一样,罗伯特打算逃票。但这次,尤尔克感觉无法容忍。

"我受不了你这样招摇撞骗。"尤尔克说。

"我招摇撞骗弄来的钱,你去波兰那会儿向我借时,并没有什么受不了嘛。"罗伯特呛了他一句。

说完他就不见了,一直到了罗马站,他们俩才又碰上面。

两人正准备离开,一阵风吹来,吹掉了罗伯特头上新买的那顶意大利帽子。帽子掉在了尤尔克脚边,尤尔克一脚踩了上去。回想起来,他原本可以绕过帽子的,但他感觉踩扁那顶帽子会让自己很解恨,于是把脚踩上去,居然还咧嘴笑了笑。瞬间,罗伯特一拳打在他腰部,尤尔克再也笑不出来了,脸上一阵抽搐。出于本能,他朝罗伯特的脸上反击了一拳。人们好奇地围了过来,用意大利语在一边起哄。罗伯特双手捏着鼻子,看到了手上的血。一看到血,两人很快就冷静下来了。尤尔克捡起帽子,整了整,放到了朋友头上。罗伯特拿出手帕给自己止血。

他们从围观的人群中走开了。尤尔克首先道歉:"我不是故意的。"

"故意什么?"罗伯特问,听上去像得了重感冒似的。

"踩了你的博尔萨利诺帽[①]。"尤尔克的语气中略带嘲弄,"但是,是你先出拳头的。"

他们走进一家咖啡店,尤尔克点了两杯卡布奇诺和一些蛋糕。

罗伯特清洗了脸上的血迹,从洗手间出来,尤尔克说:"这次我埋单。"

[①]博尔萨利诺帽,来源于意大利,一种在三四十年代时的西方特别流行的帽子,是绅士的象征。

59

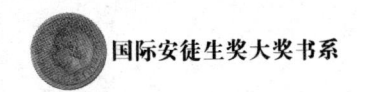

"不就是用山庄集体的钱埋单嘛。"

"你还想挑事是吧？"

"我才没挑事呢。你好好想想吧，是你三番五次地想打架。你从昨天那盏灯就开始了。其实，前天因为铺床的事就已经开始了。你能不能跟我说说，这到底是怎么回事。"

"那我现在就告诉你吧。我早就看你不顺眼了。"

"为什么，我怎么了？"罗伯特假装无辜地问。

这让尤尔克更生气了："别废话！你想要认真地谈一谈吗？那就严肃点。"

"好吧，"罗伯特喝了一小口咖啡，放下杯子，说道，"我知道，是因为特蕾莎。"

"是的。"尤尔克说。

"我看得出来你爱上她了。"

"你最好别再这么说！别和我说，也别和任何人说！"

"这刚好证明，我说得完全正确！"

"把你脸上那副坏笑给我收起来。"尤尔克严肃地说道。

罗伯特忍不住大笑起来。尤尔克突然觉得自己很可笑，也忍不住咧嘴笑了。

"罗伯特，"尤尔克严肃地说，"我是认真的。我有事问你，你别给我装出一副无所谓的样子。对你来说，哪个女孩都一样，但对我来说不一样。你知道，这是我第一次有这种

感觉。所以,离她远点。"

"好吧,"罗伯特回答,"你说的我都明白。我刚开始逗她那会是因为我有点嫉妒,我不想因为她而失去你这个好哥们,所以想在你俩中间捣乱。你听明白了吗?"

尤尔克终于明白了,尽管罗伯特的坦诚来得有些突然。他总觉得罗伯特是人不可貌相,这也许正是他一开始就喜欢罗伯特的原因。只是尤尔克从没想到过,这个朋友竟然如此聪明,真让人想给他个拥抱。尤尔克伸出手,两人相互握了握手,不禁都为这个夸张的动作感到尴尬。

当天晚上,他们回到了山庄。特蕾莎不在。有人告诉他们,因为别的女孩一直为难她,她决定离开这里。

"你们怎么可以让她走呢?"尤尔克大声喊道。

"我们凭什么强迫她留下呢?"丽芙卡反问道。

这个问题把他给问住了。

"她有没有说她要去哪儿?"

"去罗马。"嘿—莫特科回答。

"她说她会回来吗?"

"没,"特蕾莎同屋的女孩回答道,"但她的大多数东西都留在这儿。"

"那就好。"尤尔克松了一口气。

"但她确确实实带走了她的难民卡。"丽芙卡接着说。

一天过去了,接着又是一天,特蕾莎还是没有回来。尽管尤尔克还像平时那样忙着他的工作,但他所有的心思都集中在院子的前门。他焦虑、担心,内心隐隐作痛,苦不堪言。他晚上常从噩梦中醒过来,躺在床上,听听有没有特蕾莎说话的声音。有一次,他甚至在半夜里跑到特蕾莎的房间门口,悄悄地打开了门,但她的床仍然空着。

一连七天过去了,仍然没有特蕾莎的任何消息。她的出走成了那周议论的主题。原本和她一道来的人告诉尤尔克,她从前也是因为同一个原因,从别的小组中逃走过。尤尔克力劝大家,等特蕾莎回来后,一定要对她耐心一点。他说,时间会解决一切问题。但不是每个人都这样想。有人说,他们实在受不了特蕾莎。罗伯特什么都没说。

大家对这个问题进行了投票表决,尤尔克一方占多数,少数派一方吵作一团。尤尔克因为犹太事务局方面的工作,得去趟罗马。他提议由他去找特蕾莎,并把她带回来。大家同意了,他第二天就出发。

那天晚上,他和罗伯特睡得很晚,他们在镇上待到很晚,回来时,发现嘿—莫特科早就睡着了,还大声地打着呼噜。他们把他推向床的一侧,鼾声停了,但尤尔克根本睡不着。他在想明天要去找特蕾莎事。

"你去哪里找她呢?"罗伯特的声音从黑暗中冒了出来,

听着像是发自他内心深处,"她现在也许和另一个青年队在一起,或者决定要去美国。"

"也许她只是想出去透透气,"尤尔克说,"那些女孩让她受够了。"

尤尔克一边说,一边躺在那儿想她。

"有时候,我对自己说,"罗伯特说,"等我赚足了钱,我也要去那里。"

"哪里?"

"美国。"

"你要在别人的国家里做一个犹太人?"

"你这样说只会让我更想去那个地方。在那里,我可以过自己的生活。谁说我们犹太人一定要有一个自己的国家?美国的犹太人过得挺好的,真的。"

"好吧,我相信,那你一年前怎么不下决心去那儿?那时我们刚到帕多瓦[①]的第一个营地。"

"你知道是怎么回事,"罗伯特说,"当时你跟着大家继续往前去了,而我和那些美国兵做小买卖赚了一笔钱,后来还拿出一部分给你支付了去波兰的费用。你以为我的钱是从哪儿来的?"

[①]意大利北部城市。

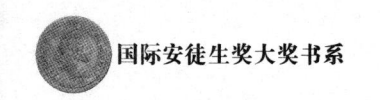

"我还以为是你从山庄的开支中赚来的。"尤尔克说。

"那些是小钱,"罗伯特说,"主要是你不在的那段时间,大家合伙对付我,让我把赚来的钱捐给了整个解放组织。"

房间里黑乎乎的,尤尔克笑着说:"你居然一直坚持下来了。"

"不知道还能做什么更好的。但有时候我很想一走了之,一个人到罗马去。"

"我只想创建一个犹太国家,"尤尔克说,"我时刻提醒自己,我们当时在犹太集中营是多么无助,就像我爸,他根本救不了他的妻子和孩子。"

"你是个真正的犹太复国主义者,"罗伯特对他说,"但我可以保证,这样的事情永远不可能在美国发生。"

"在德国就可以发生吗?"

"是啊,德国这个民族比较机械,做事一板一眼,这一点用不着我提醒你。"

第二天一早,尤尔克步行进城,赶上了去罗马的第一班火车。他在罗马一办完事,就开始找寻特蕾莎。他找遍了罗马的所有犹太机构,尽管他知道不太可能在那些地方找到她,她很有可能到哪家天主教慈善机构去寻求帮助了。他后

来又到波兰大使馆去寻求帮助,但那边的官员不但没帮上什么忙,还觉得他是个可疑人物。于是,他在一家小吃店随便吃了点东西,坐上傍晚那趟火车回去了。

尤尔克快要下车时,天下起了大雨。他下了火车,任由雨水把自己浇了个透。他朝山庄方向没走多远,身后突然照过来一束汽车灯光。这个时候会是谁呢?他急忙朝车挥了挥手示意它停下。这是辆军用货车,车里有一个士兵和两个女孩。三个人看上去好像刚参加了一场很特别的晚会。尤尔克从后车厢爬了上去,差点摔了一跤,因为货车颠簸着往前行驶时,他的一条腿被后挡板挡了一下。

车厢后面有一大块东西凸起在那里。他凑近看了看,发现是一捆卷着的帆布车篷,湿答答、硬邦邦地放在那里。他想都没想就撩起车篷的一边,慢慢地挪到车篷下面没有淋湿的地方。这时,他的手碰到了一个软软的、暖暖的东西,突然,听见有人吓得尖叫了一声。

"对不起。"尤尔克用意大利语说。

那个尖叫声有点嘶哑,听上去是个女孩的叫声,像是用波兰语说了声"耶稣"。所以,尤尔克又用波兰语说了声"对不起"。

那人也用波兰语回答道:"我刚才肯定是睡着了。"

货车突然猛地晃了一下,把他俩都甩向帆布车篷那边,

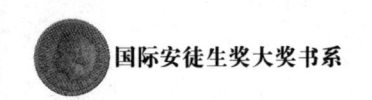

两人都无法控制身体平衡,摔倒了。尤尔克帮忙拉了那个女孩一把,感觉她带了一双软软的毛线手套。

尤尔克问她:"你怎么坐在这儿一直没摔倒呀?"

"帆布上有个洞,"她说,"你把手伸进去,可以抓住车厢。我刚才睡着了,肯定是把手给松开了。"

"对不起。"尤尔克用波兰语又说了一遍。

他在黑暗中摸到那个洞,把手伸了进去,马上又缩了回来。"外面太冷了,"他说,"我宁可东倒西歪的。"

那女孩笑了:"哈哈,我一开始也是这么想的。"

没一会儿,尤尔克就知道这话是什么意思了。货车来了个急转弯,他整个人被四脚朝天地甩到了车篷的这一边,然后又四脚朝天地被甩到了另一边。这回是女孩帮他坐了起来,两人不约而同地笑了起来。

"算了,"尤尔克说,"还是抓住吧。"

一直到这会儿,女孩才问了句:"尤尔克,是你吗?"

"是的,是我,你是特蕾莎?"

原来特蕾莎只打算离开大院一天。她去了罗马,参观了梵蒂冈博物馆[①]。其实她刚离开就有点后悔了,但实在是太生那几个女孩子的气了,就没有返回。在博物馆,她感觉自

[①] 梵蒂冈博物馆位于罗马市中心的天主教国家梵蒂冈,位于罗马圣彼得教堂北面,原是教皇宫廷。它是世界上最小的国家博物馆。

戴帽子的女士

已发烧了,就在一个角落里坐下来想休息会,但居然昏倒了。她被送到了一个加尔默罗医院①。多亏医院中修女院长悉心照料,没过几天她就康复了,于是动身回山庄来了。但是她决定要再回罗马,进加尔默罗医院做个新手。

不过,她没有把最后的决定告诉尤尔克。跳过这个,她接着跟他说,因为刚刚生过病,她不敢冒雨走回山庄去,于是走进了一家小饭馆,在那里碰到了两个意大利女孩和一名喝得醉醺醺的士兵。这个士兵是属于安诺斯将军②自由波兰军团的。不一会儿,她就说服了这个士兵开车把她送到山庄去。刚开始,他们试着四个人挤在驾驶室里,但这样一来,那个士兵就没法开车了。那个士兵为了帮特蕾莎,很想让两个意大利女孩下去,但特蕾莎拒绝了,尽管她知道,她很有可能会因此搭不了车。不过,那士兵后来把后车厢挡车板放下来,让她爬上了后车厢,她就这样蜷缩在帆布车篷下了。

"肯定是他们让我喝的那点酒,让我犯困了。"特蕾莎说,"后来感觉有人碰了我一下,把我吓得要死。"

"我也是,"尤尔克边笑边说,"在罗马找了你整整一天,想不到居然会在这儿找到你。"

---

① 一个天主教会在罗马设立的慈善医院。
② 安诺斯将军,1892年—1970年,在一战和二战期间为波兰做出巨大贡献,后因政治迫害被流放伦敦。

67

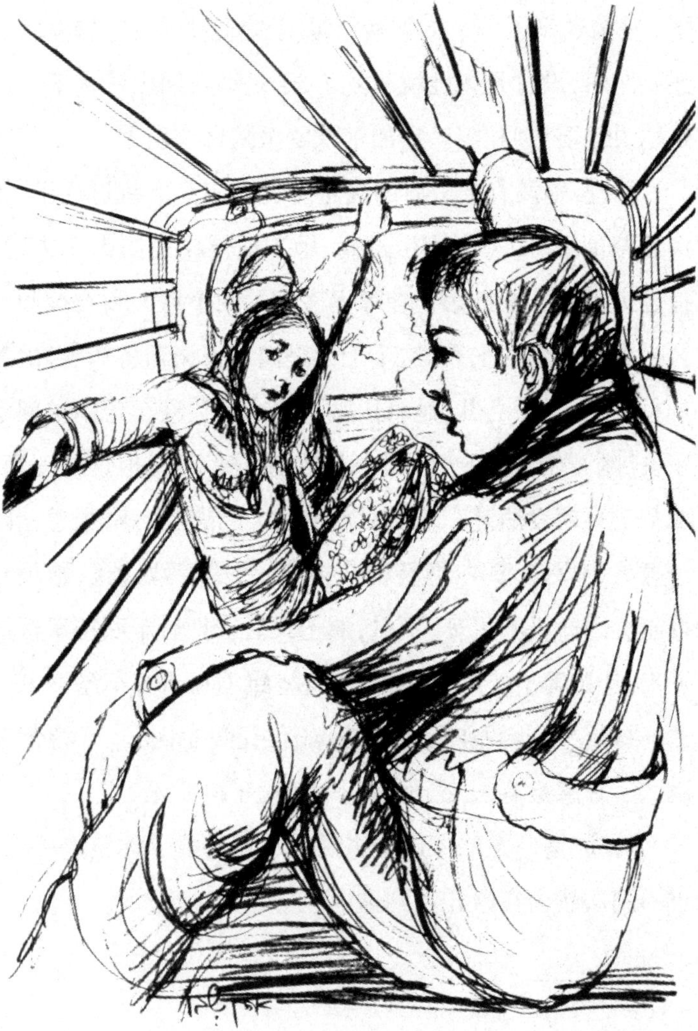

"你在找我？"

"我们还以为你不会回来了。我就来找你了。"

"你们怎么会这么想呢？你该知道我把东西都留在那里了呀。"

"是啊。我来罗马也因为有点事儿要办。上次我们讨论了你的事情，所有的人都同意我把你带回去。"他顿了一下又加了一句，"我想，回去以后那些女孩不会再找你麻烦了。"

他的话还没说完，车子猛地转了个弯，他们又被甩倒在车上。车子在坑坑洼洼的路上左右晃动，一路发出轰隆隆的声音，他们两个要讲话也很不容易。好不容易坐稳了，他们就一直坐着没有再说话，直到车子开到了山庄门口。

他们从后车厢爬了下来，向那个波兰士兵道了谢。那个士兵打开驾驶室的门，探出身子想说什么。幸亏两个意大利女孩拉住了他的制服，把他拽回到车里，否则他肯定掉下来了。

"我会来看你的，美女！"在发动机的轰隆声中，波兰士兵用波兰语大声喊道。

山庄的大门"嘎吱"一声打开了，嘿—莫特科穿着睡衣，睡眼蒙眬地从黑夜里走了出来。他把大衣像个雨帽似的盖在头上。

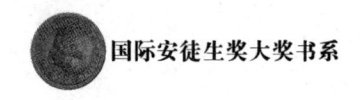

第五章　在耶路撒冷

　　一直到第二天早上，梅兰妮才从耶路撒冷市区的大卫王酒店走出来。她发现，去年夏天，犹太人用地下炸弹已经把酒店一侧炸得不成样子了。她记得，当时死了一百多个英国人。对于巴勒斯坦的犹太人来说，大不列颠现在是他们的敌人，虽然不久前他们曾联合起来反抗过纳粹德国。

　　酒店四周布满了士兵和带刺的铁丝网。一名侍者为她叫来了一辆出租车。尽管这个阿拉伯司机觉得很奇怪，为什么一个英国女人让他开车带她去犹太办事处？除了满脸惊讶，司机并没有说什么。

　　路上到处都是防护栏和哨卡，街上却静悄悄的。不过，梅兰妮很快从他们绕来绕去的路途中发现，许多道路已封锁了。她来到犹太办事处，发现面前的这幢楼周围布置的士兵和路障更多。

　　这幢楼的构造十分漂亮，呈马蹄形，四周有很宽敞的院

落。梅兰妮问门卫,外国记者联络处在哪儿。一个卫兵带她去了一间办公室,为避免引起怀疑,她只说意第绪语,但她坐着出租车过来,这事本身就够有嫌疑的了。

她被带到一个大房间,里面有三张桌子,坐着两个男的和一个女的。梅兰妮走到那个女的面前,但她不懂意第绪语,就指了指其中的一个男士。那个男士示意梅兰妮坐下,自己仍然在写东西。过了一会儿,他抬起头,问她有什么需要帮忙。他的意第绪语带着很重的波兰口音,与他交流没她想象的那么容易。最后她从包里拿出那张有集体照的报纸,摊在桌子上。

"我叫梅兰妮·戈登伯格·福克纳,"她开口说道,"简直是奇迹,我已经找家里人两年了。前两天,我打开这张报纸看到了我侄子。就是这个!"她指着照片说。

那个办事员朝她看了一眼,又看了看照片,耸了耸肩说道:"你想让我做什么?"

"告诉我这张照片是在哪里拍的。"

"夫人,我怎么会知道?"他反问,接着喊道,"摩什,过来一下!"

另一个男办事员从办公桌旁站了起来,斜靠过来,仔细打量起这张照片。

"这是一张普通的传真照片,"他说,"没办法辨认。"

71

梅兰妮听了简直要绝望了："但总有人知道吧。你知道吗,我的全家人都在波兰被杀了。除了这孩子,我再也没有其他亲人了。"

"我完全能理解你,夫人。"那个办事员试图安慰她,"我全家也是在那被害了。我父母,我哥哥弟弟,还有我姐姐妹妹……全家。可我怎么可能知道这张照片是在哪儿拍的呢?我想你可以到伦敦报社去问一问。你为什么不给他们写封信呢?"

"我刚从伦敦过来。他们让我来耶路撒冷来问问你们。他们说只有这儿……"

"你是说,你刚从伦敦过来?"

"我住在那儿。没人知道有犹太人住在伦敦的吗?"

"我明白了。"他对她另眼相看了,"你会说波兰语吗?"

"当然,我以前在华沙大学读书。"

他们用波兰语互相寒暄了几句,办事员对这件事有了积极性。另一个办事员也停下手头的工作,听他们商量这件事。最后,第一个办事员转头问第二个办事员:"摩什,你觉得怎么样?"

"我觉得没问题。"他回答道。

"我们有一个照片档案馆,"第一个办事员说道,"如果你这张照片也在其中的话,我们可以帮你找出来。"

他带梅兰妮去了另一个房间，开始在一个金属文件柜里仔细地翻找起来。

"这是张新照片，"梅兰妮说，"应该是最近拍的。"

办事员拿出一个大信封，把里面的东西全倒在靠窗的一个空桌子上，然后他和梅兰妮一起一张一张地找。尽管每一张照片她都非常仔细地看了，有她侄子的那张还是没找到。

她失望地喊道："我从伦敦千里迢迢来到这里，可不想一无所获啊！"

"也许有一些最近的照片还没有整理，"办事员边想边大声说，"在这里等我一下。"

梅兰妮点了一根烟，站在窗边，希望与失望各一半。她听到走廊那边传来了脚步声，想从这脚步声中猜出事情的结果。脚步声听上去很急促，似乎那双脚的主人赶着要带来什么好消息。那个办事员拿着另一个信封进来了。梅兰妮掐灭了烟头，又和他一起开始查找。其中一张照片引起了她的注意：这张大合照里面，许多年轻的男孩和女孩围坐在餐厅的一张桌子旁。她一个一个仔细地查看照片里每个人的脸，突然发现，有一张脸特别像她在找的那个，但又觉得不太好辨认，因为这张脸不在镜头的聚焦点上。她把照片翻过来，大声地读出背面的意大利语。

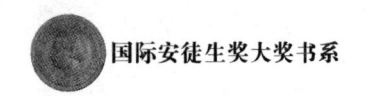

"我想起来了！"办事员兴奋地喊道。

他回到档案柜那边，拿出一个上面写着地名的小信封，然后从里面拿出一沓照片，递给了梅兰妮。她马上就从中找到了报纸上的那张照片。"就是这张！"她叫了起来，"在哪里拍的？"

"我们回办公室问摩什吧，"办事员说，"他肯定知道。"

摩什确实知道。他告诉梅兰妮，那个地方是犹太复国主义者的一个训练营，在罗马往北八十公里以外的地方，许多犹太青年人组织都要路过那里。他们每个人都要在那里学习希伯来语，还会在那里干活。

梅兰妮满怀希望地问道："你们有这些年轻人的名单吗？"

"没，"摩什答道，"恐怕没有。"

"我们只有在他们到达巴勒斯坦之后才有他们的名单，"第一个办事员说，"夫人，这您也知道，你们英国政府正想方设法阻止他们来呢。"

"是，我知道，"梅兰妮说，"看来我得去趟意大利。真的非常感谢你们。我只希望……希望那个真的就是尤尔克。"

办事员说道："听上去您心里已经很肯定了。"

"也不是特别肯定。我离开家那会儿，他还是个小孩子。实在是因为他长得太像我哥哥了，我才在报纸上认出了他。

他一直就很像我哥,还是个小宝宝时就很像。"

她拿出了一张哥哥的照片。摩什看了看,说:"是的,太像了。"

"你就因为这个一路从伦敦赶了过来?"第一个办事员问道。

"是啊,"梅兰妮回答道,"肯定是他,肯定!我可以要那张原照吗?"

"我可以叫人帮你洗一张,但恐怕需要一到两周的时间。"

"可是我得去赶到意大利的第一趟飞机!"

"摩什,你看怎么办?"

摩什没说话。他想了一会儿,说:"好吧。我把原照给你,我再向档案馆要一张。"

"要付钱吗?"

"不用,但如果你愿意捐一点,当然很欢迎。"

梅兰妮拿出一张一磅的纸币,塞到递过来的捐款箱里。"肯定是尤尔克。"她自言自语道。

"您没在幸存者名单上找到他名字吗?"办事员问道。

"没有。"

"我想……我还是写一封信给我们在意大利办事处的同事,以防万一。毕竟不是每天都有人从英国远道而来。"

75

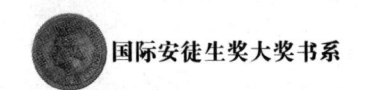

办事员在一张纸上写了几句话，放进了一个信封，递给了梅兰妮。

"我永远不会忘了你们，真是帮大忙了。"她极其感动地说道，"真的，我不知道怎么谢你们才好。"

"你如果找到了他也告诉我们一声。我叫伊扎克·费雪勒。"

"一定。"梅兰妮说着，与他们握了握手，就离开了。

第六章　结局的开端

　　山庄里一片欢腾。大家等待已久的时刻终于来了——第一波南下巴勒斯坦人员的名单已经贴在公告板上了。每人允许随身携带二十千克个人物品，出发时间就定在当天傍晚。尤尔克浏览了一遍名单，却没找到特蕾莎·奥斯特洛夫斯卡这个名字。他想，这一定是她的基督教家庭给她取的名字。她有犹太名字吗？想到这，他竟有点伤感，因为他太喜欢特蕾莎这个名字了。他急忙来到了女生楼，敲特蕾莎房间的门。那次她跑到罗马去的时候，他跑来找过她。除那次之外，他从没进过这间房。房间里一片凌乱，女孩们正忙着打包行李。

　　"你们都去吗？"尤尔克问道，正巧迎上了特蕾莎的笑脸。

　　"是啊。"她的两个室友答道。

　　就在此时，他听到丽芙卡从隔壁房间大声说道："别担心！你那基督徒也和我们一起去。"

尤尔克跑到走廊上严肃地对她说道："你答应过我不再这样说的。"

"对不起，"丽芙卡说道，"我没什么恶意。你可以问她，我们是朋友了。罗伯特去吗？"

"罗伯特也在名单上呢。"尤尔克答道。他突然想到，莫特科并不在名单上。

就这样，大部队在黄昏时候徒步出发了。年轻人们兴奋不已，轻轻松松地往山下走了一个半小时后，他们来到了大路上，等待几辆带着英国标志的军用货车。士兵们都说希伯来语，却穿着英国军装。他们给大家分发了 K 种口粮①和毯子，然后让大家爬上货车，把后车厢的帆布车篷放下来。

就这样，他们待在封闭的货车里往南行驶了好几个小时。中途有一两次停车休息，都是在很荒僻的地方，这样不至于引起注意。每次停车，大家都会根据命令去上"洗手间"："女孩去左边，男孩去右边！"

车上很暗，大家悄声地说着话，既紧张又充满了期待。尤尔克坐在特蕾莎旁边，靠得很近。大家都坐在一起，因而

---

①军事用语，指的是二战期间的应急口粮。在第二次世界大战中由美国陆军引入。

戴帽子的女士

谁都不好意思议论他们俩。尽管尤尔克很想用手搂着特蕾莎,但他还是克制住了自己。他害怕会因此吓着她,而从此失去她。他总觉得自己该特别小心,只要他不越界,她一般都对他报以微笑与柔和的眼神,以及身体紧靠在一起所能感受的体温。但尤尔克知道,她身上总有一种让他莫名地矜持和谨慎的力量。尤尔克拼命对自己解释,这恐怕与她所受的修道院教育有关吧。

尤尔克和特蕾莎他们一路沿着爬山公路,在雨中坐了两天的车。突然有消息说,他们要停车扎营。这以后,除了有一次凑巧安排他俩去一个空无一人的客厅打扫卫生,尤尔克和特蕾莎再也没有机会说上话。尤尔克有好多话想要对她说,在动身离开大院时,他甚至都不愿意浪费时间收拾东西。这是他第一次特别想要和某个人倾诉,说说关于他在战争期间的经历,关于他的父母、姐妹以及在那个波兰小村庄里的童年故事。当然,更重要的是,他们要出发去巴勒斯坦了。

某天一大早,他们赶到了此行的第一个目的地。他们从货车上走下来,全身都僵硬了,迎面闻到了咸咸的海水味。他们向面前的一长排匡塞特小屋①走去。尤尔克依稀看到,

---

① 匡塞特,美国地名,二战期间那里以活动房屋著称,匡塞特小屋的内部空间是灵活开放的,允许使用为营房、厕所、办公室、医疗和牙科诊所、隔离病房、住房等。二战期间建造了大约15万至17万匡塞特小屋。

79

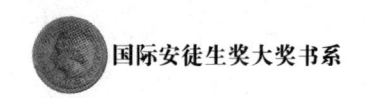

树那边几米之外的海岸边还有一些类似的小屋和一些浅色的帐篷。除了几个守卫,没看到其他人。他们在地上铺开草席,倒下睡了。

醒来时,有人拿来了热茶和饼干,告诉他们要在这里等几天,因为船还没有到。有一辆旧吉普车给他们运送来一些必需品和应急物品,只有司机和卫兵可以开着车进城去。消息很快传开了。有人告诉他们,他们要装成是一船准备运走的精神病人。来通知他们的那个人不动声色地补充说,如果想去海边散步,或者捡一些浮木来的话,大家最好表现得怪异些,要么自言自语,要么胡乱地挥动手臂。等到傍晚天暗下来后,他们会进行登船训练。

"就在这儿登船吗?"有人激动地问。

"不是,"那人答道,"我们有一个特制的模型船。你们如果走出去就能看到。实际的那艘船不能靠岸停泊,这个码头的装备不是很好。"

大多数人累了,都不想出去看了。尤尔克和特蕾莎得到允许,可以出去捡一些浮木。天气不错,蓝蓝的大海一直延伸到了远方的巴勒斯坦,这让他们觉得,漫长的漂泊生活就要结束了。他们走到了一个奇怪的木质构架前,这是模仿船的一个侧边而建造的。他们看到一些梯子和从上面悬挂下来的一些绳子。

"挺吓人的,不是吗?"特蕾莎说。

他们沿海岸走去,记着时不时地要乱挥几下手,疯疯癫癫地乱跳几下,这让他们情不自禁地想笑。特蕾莎不知道疯女人会不会捡贝壳,尤尔克也不知道,但他觉得没有理由不可以捡啊。走着走着,他们发现,在几块大岩石中间有一个很隐蔽的地方,终于可以放松一下了。

尤尔克在沙滩上躺了下来。特蕾莎坐在他旁边,摆弄起她刚收集来的贝壳,并按颜色和形状排列起来。

"你觉得我可不可以在这些贝壳上打个洞,把它们穿起来?"特蕾莎问。

尤尔克伸手去拿贝壳,他们的手抓到了一起。这一碰好像触了电似的。特蕾莎的两颊绯红,赶紧把手缩了回来。贝壳掉到了沙滩上。

尤尔克看着特蕾莎,怎么看也看不够。她那高高的额头下有一双深邃的绿色眼睛,让人联想到她是鞑靼人①的后裔;精致的尖下巴、小巧却略显丰盈的嘴唇和微笑时露出的齐整洁白的牙齿,使她整张脸光彩照人,就像黄昏的天空那样迷人。他完全为之倾倒了。

"我得跟你说点事,尤尔克。"特蕾莎使劲地咽了下口水,说道,"我去巴勒斯坦的理由和你的不一样。"

尤尔克感到很惊讶,问道:"那你是为什么去呢?"

"我要去耶路撒冷做修女,"特蕾莎用很小的声音说道,好像担心大海和蓝天会听到似的,"我在修道院里发过誓。"

"发过什么誓?"

"如果我在战争中活下来,就去做修女。"

"在巴勒斯坦?"

"不是。但嬷嬷让我去那。"

尤尔克的心都快跳到嗓子眼了。做什么不行,为什么偏偏要去做修女呢?尤尔克想。他试着想象特蕾莎像波兰修女那样,穿着长长的黑色修女袍,戴着一块白色的头巾。即使

---

① 俄罗斯联邦的一个民族。

是这个打扮,她还是会很漂亮。这个消息让尤尔克沉浸在伤心之中。

平时,特蕾莎要么把头发编成辫子盘在头上,要么让辫子垂下来,按波兰发式披在后背上。这会儿,她那浓密的棕色发辫披散开来,随风飘曳着,让她看上去就像童话中的仙女一样。

他心里清楚为什么自己不想让她去做修女,不是为了犹太人民,而是为了他自己。他回头看着她,略带讽刺地说道:"波兰人更希望他们的犹太修女住在别的地方,是吗?"

这话说得太伤人了。特蕾莎的下巴颤抖起来。尤尔克想象着,特蕾莎穿着新的修女长袍,与大嬷嬷面对面站在冷冰冰的大厅中,听嬷嬷告诉她必须离开波兰的消息时,下巴肯定也是这样颤抖。如果能收回刚才那些冷嘲热讽的话,让她的脸蛋恢复平静,尤尔克愿意放弃一切东西,也愿意做任何事情,甚至愿意吃掉他身下的沙子。可她难道从未想到过,有一天,人家会通知她让她离开修道院吗?

特蕾莎坐在那里陷入了沉思。她非常清楚地记得那一天,她强忍着没有哭。在嬷嬷找她之前,她就有一种预感。她看到修道院门口来了辆小卡车,一些看上去很奇怪的人背着麻袋从车上爬了下来,她立刻就明白了。嬷嬷叫她去,肯定和这些人有关,战争肯定结束了。

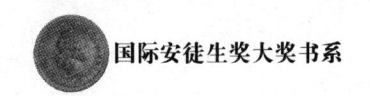

大嬷嬷跟她讲了修道院这段时间所经历的种种艰难，这些特蕾莎不听也知道。他们在战争时期饱受饥饿，特别是在最后一年。嬷嬷说，犹太人知道他们自己的孩子藏在哪里。事实上，从卡车上下来的那些人手里就有一张孩子们的名单。特蕾莎也因此知道，修道院里还有另外三个犹太女孩，有一个抱来时还是个婴儿呢——她当时就目瞪口呆了。

　　"如果我早知道事情会是这个样子，"嬷嬷说，"我早就把你们都偷运出去了。但他们太聪明了，来得很突然，而且所有的出口都有守卫守着。"

　　她告诉特蕾莎，犹太人的麻袋里装满了面粉和米，还有钱。

　　"钱很多，我们没法拒绝。"嬷嬷说，"特蕾莎，你到达圣城耶路撒冷后，就没人可以阻止你做一个修女了，到时你一定要给我写信。也许有一天，你也会像我一样成为一个大嬷嬷。这是一封推荐信，是我用法语写的。有了这封信，任何一个修道院都会愿意接纳你。"

　　"我尊重她的决定，"沉默了许久之后，特蕾莎对尤尔克说，"我爱她，也理解她这么做是为大家好。犹太人为了把我们领走，给了修女们很多食物和钱。"

　　"是啊，她们把你们卖了个好价钱。"尤尔克很想这么说，但他不想让她心里更难过。他心里非常清楚，特蕾莎自

己都不愿承认。特蕾莎怀疑大嬷嬷并不信任她,担心她战后不会继续做一个好的天主教徒。

在去意大利的路上,特蕾莎每个夜晚都会把头埋在枕头里悄悄地哭。她不断地安慰自己,她去巴勒斯坦是准备去做修女的。只有这样,她才觉得那个遥远而可怕的国家变得稍微亲近和舒服一点。只要有机会,她就会溜进教堂去祈祷。在罗马,她看见教皇被一大群教徒们簇拥着,她郑重其事地重新发了一次誓言。尽管她完全不必这么做,但她觉得这么做很有必要,因为她做修女的决心有点动摇了。

"你难道从来没想过,有一天会有人把你从修道院领走吗?"

"我以为犹太人都没留下来。我还以为只有我一个犹太人了。"

"特蕾莎,"尤尔克几近绝望地想要说服她,"你难道从来没想过你的父母吗?"特蕾莎想做修女的事太让他震惊了,他绞尽脑汁想要说服她,用尽一切可能的办法。

"我父母肯定被杀了,"特蕾莎说,"不然他们早就来把我带回去了。"

"假设他们还活着。你发的誓怎么办?"

她的下巴又抽搐了一下,这让他特别强烈地想要保护她。他靠着一块大岩石坐着,特蕾莎打量着他的脸,仿佛要

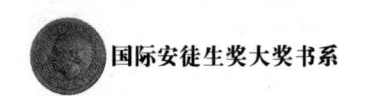

从那里找出答案来。

"你心里很清楚,父母把你留在修道院只是想救你。"他说,"你也知道战争一结束,他们肯定要来找你。你想想,如果他们能看到现在的你,听到你现在说的这些话,他们会怎么想?如果他们是虔诚的犹太教徒,他们可能会想,你还不如没活下来呢。"

"他们怎么可能看得到我?别天真了。"

"我以为教徒相信有天堂。"

"你也像丽芙卡和罗伯特那样恨教徒吗?"特蕾莎问。

"我不会啊,"尤尔克说,"我自己的姑姑就嫁给了一个基督教徒。"

他给特蕾莎讲了关于姑姑莫尔卡的事情,部分来自于他童年的记忆,部分来自于他爸爸在集中营时给他讲的故事。特蕾莎听得很认真。

"我爷爷和奶奶就因为这件事,穿着丧服坐了一个星期,好像姑姑死了一样。之后,我们都不许提她的名字。她甚至都还没受过洗礼。"

"那他们怎么结婚呢?"

"我真不知道。也许举办的是世俗婚礼①吧。在有些国

---

① 结婚仪式可以是宗教仪式的,也可以是民间仪式,但都必须有专人主持。

家,只要有地方执法官主持婚礼,就可以结婚了。就算她已经是基督教徒了,我也不会因此和她断绝关系。但如果你现在要去做一个基督教徒,好像有点背叛父母了,因为他们把你藏在了修道院里。"

"反正无论做什么,我都是个骗子,"特蕾莎说,"你姑姑有孩子了吗?"

"战前还没有。"

"她现在多大了?"

"我想快四十了吧。"

"你想找她吗?"

"想啊,"尤尔克说,"你能体会那种感觉吗?你突然得知自己还有亲人活在这个世界上,这个人不但认识你的父母,而且知道你从小到大生活的那个家,她从小就认识你。"

"我能体会。"特蕾莎叹了一口气。过了一会儿,她问:"假设她真的是一个基督教徒了,你会不会因为这个原因就不去找她了呢?"

尤尔克想了一会回答道:"不会。"

她没有再说什么。远处传来一些声音,是他们的同伴们在乱喊。听声音似乎比要求的还要装得更疯癫了些。或许这样做才符合要求呢。不一会儿,一切又恢复了平静,只听到海水涨潮的声音。

"大嬷嬷一直对我很好,"特蕾莎说,"我一直觉得,我要是能做修女,会让她很开心。我告诉她想去做修女时,她也确实给了我一个拥抱,并亲了我一下。她以前从不会这样对我的。我们镇上的犹太人都被杀光了,我才来做天主教徒的。我想这已经不重要了。我从未想过还会再遇到别的犹太人。我以为,唯一活下来的犹太人就是像我这样藏在修道院里的女孩了。"

一阵长长的沉默。

"我要你答应我一件事。"尤尔克最后说道。

她坐在那儿听着。

"不要告诉任何人说你受过洗礼。没有人非知道不可。洗礼实际上也就是几句话,在你头上洒了点水而已。等你到了巴勒斯坦,也许就会改变主意了。"

"也许吧。"特蕾莎低声说道。她捡起了刚才掉在地上的那个贝壳。

"等你到了那里,看到的每个人都是犹太人,"尤尔克激动地说道,"农民、司机,每个人,到时你就会有不同的想法了。以后会怎么样,我们现在还不知道。"他想了一会儿又问道:"你以前想过没有,为什么你会一直戴着这个十字架?"

"因为我信耶稣。"特蕾莎小声回答。

"不仅因为这个,"尤尔克说,"另一个原因是你害怕人

家知道你是犹太人。而在巴勒斯坦,你就不用担心这个了。你见过从巴勒斯坦来的犹太士兵吗?我以前从来没想过,居然还有像他们一样的犹太人呢。"

"你说得对,"特蕾莎说,"他们身上确实有种很独特的东西。"

那天晚上,巴勒斯坦士兵们把他们带到了模型船旁边。登船训练开始了。由于他们要爬的不是木梯,也不是金属梯,而是绳梯,要爬上去并不容易。他们按比例,十人分成了一组,爬上去然后爬下来。一切都在悄无声息地进行着,偶尔能听到小组领队轻声传达命令的声音,但很快,声音就淹没在汹涌的海浪和夜晚冷峭的寒风里了。前一天是个大晴天,但现在天空中布满了阴云。在离开匡塞特小屋前,细雨已经密密麻麻地落了下来。几个年轻人拿来毯子裹在身上,轮到他们爬绳梯时,就把毯子扔在沙滩上。尽管特蕾莎盖着一条毯子,但她仍然被冻得发抖。尤尔克坐在她旁边,把自己的毯子盖在她身上,他们坐在那儿互相取暖。

他不禁想起了早上和特蕾莎之间的谈话,想起他已经说出了原本希望和她说的那些话,虽然他当时的语气很不好。突然,他好像有一千个绝妙的理由想要说服她。他觉得自从他们一起坐在湿漉漉的帆布车篷下,随着卡车一路颠簸那时起,特蕾莎就开始改变主意了。但他又不禁担心这只是自己的臆想而已。要不要直接告诉她,那些修女早就把她出卖了?当然有一点是无法否认的,战争期间,小镇上的犹太人都被杀了。在她举目无亲、无依无靠的时候,她们确实对她不错。大嬷嬷像她的亲妈妈一样对她,她也觉得在修道院中非常安全。她去教堂那会大概有多大?十岁?最多十一岁吧,尤尔克想。

也许上船后他们会有更多的时间可以相互交谈。他想知道更多关于她的父母、兄妹和家庭的情况,他想知道关于她的一切事情。他坐在那儿想着她说过的每一句话。罗伯特说得没错,尤尔克想边笑了起来。是的,他爱上她了。

接下来的两天都是雨雪天气,他们只进行了爬绳梯的训练。就算天气再差,这个训练都没停止过。他们渐渐习惯了摇晃的绳梯,能够快速有序地爬上去了。偶尔有人掉到沙滩上,就会引来一阵笑声,这多少驱散了因为天气造成的沉闷心情。大多数时间他们坐在小屋内的草垫子上,男孩们靠着一面墙坐,女孩们靠着另一面墙坐。大家只能吃一点点饼干,喝的是淡淡的茶水,有时他们也会从罐头里找点吃的。没有人出去捡木柴了。等木柴都用光了,有几个勇敢的人,包括尤尔克,会主动出去捡木柴。尤尔克被冻得全身冰凉,捡回来一根很大的木头。他只能用一把钝得生

锈的锯子在那里锯木头。他时不时地看向特蕾莎，有时候两人会四目相对。

第三天傍晚，他们小组的领队把他们集合起来，让他们把行李放到一起，因为船快要到了。除此之外，他们还要接受搜查，任何枪械和货币都不允许带到巴勒斯坦去。

不能带枪支倒还有点道理，但没收现钞这件事——明摆着是要强迫他们做"奉献"。尤尔克偷偷瞄了眼罗伯特，发现他的脸色已经变白了。尤尔克知道他为什么会这样。

搜查开始了。他们得脱掉衣服，穿着内衣裤站在沙滩上。像往常一样，没有人提出抗议。无论他们的巴勒斯坦领队提出的要求有多么的匪夷所思，他们总是满怀信任，不折不扣地执行。想了一会儿，尤尔克觉得，之所以会这样，是因为大家实在都太想去巴勒斯坦了。相比而言，其他统统都不重要了。也许因为大家都很年轻，或者是因为那些比较自私的家伙们早已离开，有些去了意大利，有些申请签证去了其他国家。

尤尔克因卖房子所得的钱，身上还留着一些。如果有人要他捐出来，他倒是很乐意。干吗不捐呢？他觉得，组织者们这么做，唯一的理由就是想避免不公平，要不然，有些人把钱捐出来了，有些人却把钱留起来了。他为罗伯特感到担心，因为他总会为钱做些出格的事。

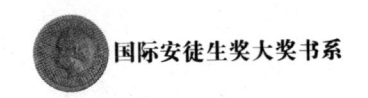

有人搜出了罗伯特塞在靴子里的两团美元纸币，这让尤尔克的心情很复杂。这可是一大笔钱啊！他为这位好朋友祈祷，希望他千万别为了报复而拿脚踩在这些钱上面。一旦罗伯特决定了的事，谁也阻止不了。轮到尤尔克了，他很配合，没有一丝不安。

搜身事件一直持续了两个多小时。为了不让女孩们在脱衣服时觉得特别尴尬，男孩们都转过身去。搜身结束后，很多年轻人从屋里走了出来，也许是为了摆脱一下刚才那种抑郁的氛围。尤尔克看到罗伯特是第一批走出小屋的。尽管很想留下来看看特蕾莎的情况，但他还是裹上一条毯子，跟着罗伯特跑了出来。

雨停了。海浪很高，不知道他们是否能爬到那艘真正的船上。他到时肯定得照看一下特蕾莎。尤尔克在岸边追上了朋友。正如他所预料的那样，罗伯特很恼火。

"他们无权这么做，"罗伯特抱怨道，"他们把我们当成什么了？一群任他们处置的牛吗？那是我的钱！我得用这笔钱在巴勒斯坦做生意。这有什么错？如果我想住在特拉维夫[①]，为什么我就非得住在基布兹不可？"

[①]1948年，以色列国家在特拉维夫宣布独立，因此特拉维夫随即充当了以色列的临时首都。1949年，特拉维夫和雅法合并，成立特拉维夫—雅法市，通常简称为特拉维夫。现为以色列第二大港口城市，其中人口主要为犹太人，阿拉伯人约占总人口的4%。

"你去巴勒斯坦是非法的,基布兹才是最安全的地方。"

"这是我自己的问题。"罗伯特说着,突然大笑了起来。

"什么事情这么好笑?"

"你看我像个傻瓜吗?我早知道他们想干吗了。我把一美金的钞票塞在靴子里,把大张的钞票藏到别的地方了。"

"你怎么会知道呢?"

"你以为这些巴勒斯坦人是天使吗?他们也是人。你别管我是怎么发现、可以从中得到些什么。"

"你为什么不告诉我呢?"

"我为什么要告诉你?就算我跟你说了,你也会把自己所有的钱都给他们的。"

尽管事实确实如此,但尤尔克还是觉得有点受伤。

"别担心,尤尔克。如果你需要钱,随时可以来找我。我只是不想因为藏钱这件事和你吵起来。你得承认,如果我事先告诉你了,结果肯定还会是这样的。"

尤尔克承认这一点。从一个不到二十岁的年轻难民的靴子中找出两小卷一元纸币后,那些搜身的人怎么也不会想到,他的大部分钞票居然藏在别的地方。

"我还是认为他们这么做是对的,"尤尔克说,"罗伯特,尽管你讽刺他们,但他们把我们偷运到巴勒斯坦可是冒着生命危险。他们花了几个星期、几个月的时间,也没拿到过

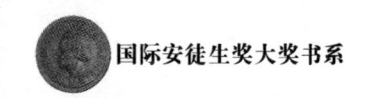

一分钱。这些钱可以用来买装备、租船,我们应该高高兴兴地把钱给他们才是。我唯一的遗憾是,我卖房子拿到的钱太少了。我一点儿都不担心往后在巴勒斯坦的生活,我只要能去那儿就行。"

"你说得倒容易,"罗伯特冷得发抖,边说边朝小屋走去,那边挤满了人,"不过你有特蕾莎。"

"特蕾莎那边有新情况,"尤尔克说道,"我本来不打算告诉你,而且确实也没有时间。"

罗伯特停住了脚步,静静地等着听他往下说。

"特蕾莎去巴勒斯坦的目的跟我们的不同。她要去那里做修女。"尤尔克告诉了他。他们一起往回走,来到小屋。

罗伯特吃了一惊,没有立刻接话。过了一会儿,他说:"我不信。这也许只是她现在的想法,如果她在乎你的话,你可以让她改变主意。"

"但愿如此。"尤尔克说。巴勒斯坦,这个让他几个月来日思夜想的国家,将会因为特蕾莎的存在而变得更加不一样——但必须是她愿意和他一起去基布兹,那才有意义。"我怎么才可以让她改变主意呢?"尤尔克问,"她发过誓的。"

"你不需要做什么,"罗伯特说,"她爱你,这就够了。只有你可以让她找回信念。"

"什么信念？"

"别傻了，"罗伯特说，"你觉得我为什么不去美国？你觉得我为什么还跟你这个大傻瓜做朋友？因为你也给了我信念。难道你不明白？"

"到底是什么信念？"

"不明白就算了，别指望我告诉你。"罗伯特在尤尔克的肚子上戳了一下，"说出来太夸张了吧，对人类的信念啊，你这个笨蛋！"

"你需要一个女朋友，而不是信念。"尤尔克说。

罗伯特大笑了起来："我可不想只有一个固定的女朋友，这个你是知道的。我现在觉得很冷，你那些高尚的理想没法让我暖和起来。"他被冻得牙齿打战，但还是接着说道，"特蕾莎之所以念念不忘她的十字架和誓言，是因为她经历的这一切。我觉得你和她谈是没有用的，必须她自己把这些想明白，只有信念才能救她。"

"你觉得到了巴勒斯坦以后，我们能忘记所有经历过的这一切吗？"尤尔克问。

"不会，我做不到，起码心里忘不了。但我们可以尽力忘记过去，继续生活下去。痛苦永远会在那里，但因为有希望，我们就可以忍耐。特蕾莎很有爱心和生命力，尽管她把这些很好地隐藏在她那虔诚的外表之下了。"

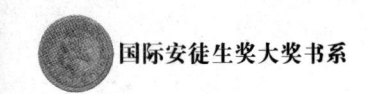

发电机突然停了,接着两个屋子的灯都灭了。为了节省燃料,每天晚上这个时间都会关灯。

"该去睡会儿了。"尤尔克说。但他们仍然站在门边,听着凛冽的风声和着滔天的海浪拍打在黑漆漆、空无一人的海滩上。云层里有几颗星星发出微弱的星光,四周没有一丝亮光。有一支蜡烛,也许只是根火柴,在小屋的窗前亮了起来。大海远处的另一端,巴勒斯坦正等着他们。

第七章　前往意大利

梅兰妮足足花了两个多小时的时间，从罗马坐出租车到达山庄。路况很差，好在这一路有连绵的山峰和美丽的村庄，多少弥补了路途的艰辛。终于到达了小镇，她向一个人打听山庄的确切地址，那个人恰巧知道那地方。车子沿着一条崎岖蜿蜒的小路，缓慢地向山上开去，最后来到一座城堡式的房子前。房子四周有高墙，大门上了锁。司机按了一下喇叭，梅兰妮下了车，通过大门的窥视孔，看到了一名年轻人。梅兰妮用意第绪语和他打了招呼，他笑着开了门。与此同时，那位意大利司机紧追着梅兰妮跑了过来，生怕她不付钱。梅兰妮向司机作了保证，但司机的英语水平太差了，根本听不懂她在说什么。直到梅兰妮付了一半的车费给他，他才心满意足地回到车上去等着。

梅兰妮来到院子里，发现里面很大，有几个年轻男女坐在凳子和板条箱上削马铃薯。他们看起来聊得很开心，这让

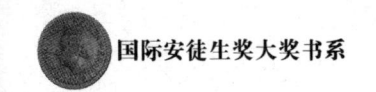

梅兰妮的情绪一下子高涨了起来。女孩们把围裙放在大腿上,将马铃薯皮都收在上面,男孩们则把削好皮的马铃薯在地上收成堆,然后一个接一个地扔进一个装满了水的大桶里。如果有人扔偏了,大家就会哈哈大笑。他们看见了梅兰妮,都停了手中的活,盯着她看。梅兰妮向他们点头问好,但他们中间并没有一个叫朱利安的年轻人。

"请问,您有什么事吗,夫人?"给她开门的年轻人问道。梅兰妮说,她找这里的负责人。

年轻人觉得有点意外,大声喊道:"便雅悯!便雅悯!"

一位年纪稍长的男人出现在了门边,他的身边跟着一个女孩。梅兰妮用意第绪语向他打听,这儿是否有朱利安·戈登伯格这个人,但大家都表示没听说过。

"有一大批人几天前从这里搬出去了,我们是新来的,你从哪里来?"

"罗马。我在找我侄子,您有原来住在这里的那些人的名单吗?"

"没有。"那人开始拿怀疑的眼光看着她说,心想她会不会是来这里检查的联合国官员,因为住在山庄的人数和食品的需求在不断增加,"我不能邀请你进房间,"他抱歉地说,"地板刚洗过。"

"没关系,"梅兰妮说道,"今天天气真好。"

"嘿—莫特科",那女孩叫道,"去给这位夫人拿把椅子来。"

"朱利安·戈登伯格是我侄子,也是我在波兰剩下的唯一的亲人。我想他还活着,因为我无意中在这张报上看到了他的照片。"梅兰妮拿出了那张剪下来的报纸,还有那张她从耶路撒冷拿来的原照。

女孩接过报纸,说:"这是份英国报纸,你是从英国来的吗?"

"是的,"梅兰妮说,"我是英籍犹太人。"

女孩把报纸还给她,拿过照片,看了看反面,问道:"这是谁给你的?"

"耶路撒冷的犹太事务局,"梅兰妮答道,"他和我哥哥小时候长得太像了,我几乎可以肯定……"

梅兰妮掏出了她哥哥的照片。

莫特科拿来了一把椅子,说:"请坐,夫人。"然后他瞄了一眼梅兰妮拿出来的哥哥阿图尔的照片,便大声叫了起来:"嘿——那是尤尔克,我的朋友尤尔克!"

梅兰妮一下跳了起来,从女孩手里拿过那张犹太事务局给她的照片,问莫特科:"你认识照片上的人吗?"

"是的,"他兴高采烈地一一指着照片上的人说道,"旁边这是丽芙卡,这是贝拉。"

99

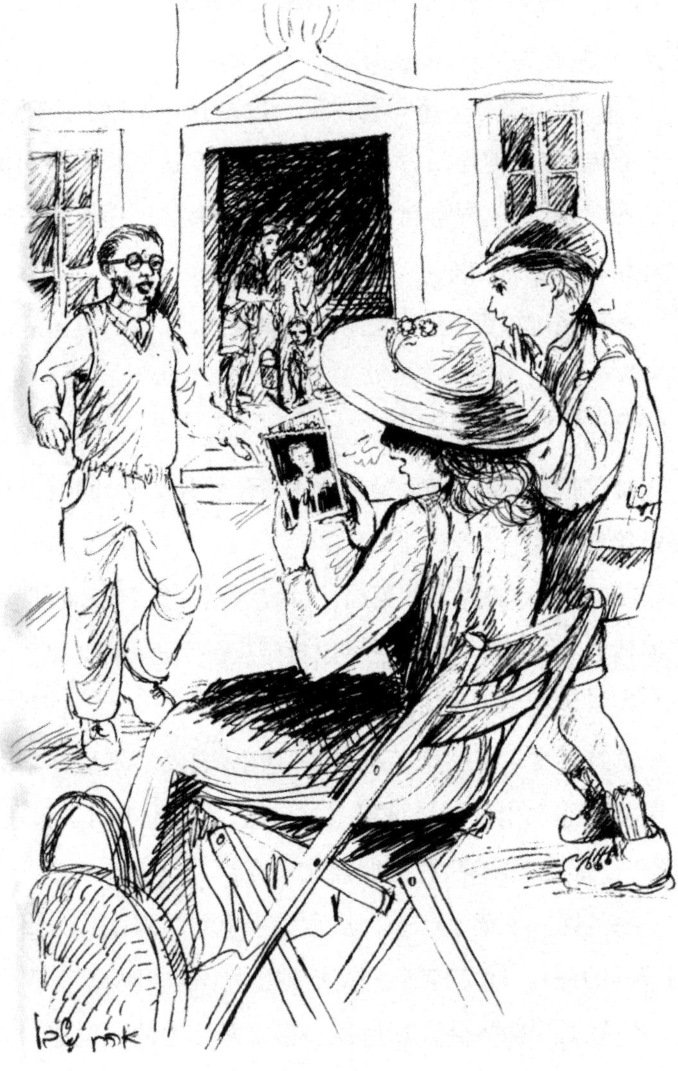

梅兰妮的身子晃了一下,有那么一会儿,她的脑子一片空白。要不是那个女孩扶着她坐下,她肯定倒在地上了。

"你刚才说他叫什么名字?"负责人问道。

"朱利安·戈登伯格。"

他和女孩低声交换了一下意见,然后下达了一个命令:"嘿—莫特科,去把那个索引卡片拿来。"

莫特科向办公室跑去,一会儿就回来了。

那个人一张一张地翻着卡片,嘴里大声念着上面的名字:"……戈登伯格,戈登伯格,朱利安……在这儿!是的,他两三个星期前就住在这儿。"他发现梅兰妮的脸色有点苍白,又说:"嘿—莫特科,去拿些方糖和缬草汁来,就在药箱里,再拿杯水。"

"嘿—莫特科这,嘿—莫特科那。"莫特科嘴里念叨着,跑开了。

"我没事,真的没事。"梅兰妮抱歉地说道,"我只是有点不敢相信。他们离开这儿去哪里了?"

"我觉得我们不能告诉你,"女孩说道,"毕竟,你是个英国人,而且这是机密。"

"我这里有封信。"梅兰妮拿出信来给他们看。

"好吧,"女孩仔细地读了信,然后说,"信确实是耶路撒冷犹太事务局写的,信里也确实说了让我们帮助你寻找你

101

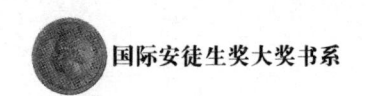

侄子,但你还是个英国人,就算你是犹太人,这也不是我们可以泄露给你的理由,你得……"

梅兰妮再次与那个负责人商议起来。

莫特科跑着回来了,但他们却跟他说,这会儿不需要方糖和缬草汁了,气得他把所有的方糖都塞进了嘴里,用牙齿嚼得"咯吱咯吱"响。

"恐怕……"负责人刚要开始说。

莫特科打断了他:"他们去梅塔蓬托了。"他脱口而出。

负责人拿责备的目光看着他。

"尤尔克是我朋友,我还会在巴勒斯坦见到他的。"

"太谢谢你了。"梅兰妮微笑着说道。

"好吧,那我只能说,希望你能够找到他。"女孩说道,"从现在开始,莫特科,请别再管闲事了。"

"嘿—莫特科!"莫特科说着,大笑了起来。大伙儿也跟着一块笑开了。

"我们的处境很不妙,"那个人解释道,"英国人现在到处找我们的船只和停泊的港口。没错,他们是去了梅塔蓬托,你可以从罗马坐火车去那里。那是南方的一个小镇,离塔兰托[①]大概有一个小时的车程。你可以在海边找到他们的

[①]意大利东南部城市。

营地,大概在离小镇几公里以外的地方。到那儿去没什么路,恐怕只有吉普车或越野车才能开过去。"

"可我怎样才能找到他们呢?来这里时我向别人打听的是山庄,到了梅塔蓬托我该怎么打听,才不会把你们泄露出去?"

"老实说,我也不知道该怎么跟你说,或许你可以打听打听哪儿有难民营。"

"问问哪儿有疯子,"莫特科突然说,"问问哪儿有疯子!"

"你怎么知道?"女孩问,她和那负责人都很惊讶地看着他。

"我去过那里,他们让我拿两只手乱甩,叫我走到哪儿都要跟自己说话,"莫特科说,"最后他们把我送了回来,因为我做得太不像疯子了。"那些原本在削土豆皮的人,都停下手头的工作听着,听到这里都跟着他一起笑了起来。

"你是从哪里来的?"梅兰妮好奇地问道。

莫特科耸了耸肩膀,说:"我不知道。"

"他什么都不记得了。"那个负责人说,"我们问过他,可他连自己叫什么都记不起来了,不过,他也说意第绪语。希望你已经把最重要的信息都弄清楚了。"

"是的,"梅兰妮说,"请放心,我不会泄密的。我只是担

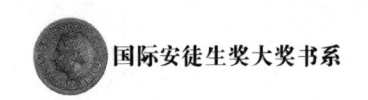

心他们会不让我见朱利安,甚至不肯告诉我他在哪里。您觉得犹太事务局写的这封信会有用吗?我真的无法想象事情到底会怎么样。"

"我帮你写张便条给那里负责的人吧。"那个人出乎意料地这么说道。

他走进房间,几分钟后带着一个文件袋回来了,他说:"你和他们说的事,他们肯定会相信的,只是别跟他们说英语。"

"我只说意第绪语。"梅兰妮向那个负平责人保证道。她站起来,和他握了手。那个人真诚地祝她好运,和她道了别。

"祝你好运!祝你好运!"莫特科跟着用希伯来语说,梅兰妮一时忘了她应有的英国风度,给了他一个大大的吻。三个人陪她一起走到门口,莫特科打开了门。司机在车上打着瞌睡,他们只好把他叫醒了。莫特科站在门口挥着手,梅兰妮从包里拿出手帕,也向他挥着手。

"我找到了!"梅兰妮兴奋地跟那个意大利司机说,"我找到我侄子了!"虽然司机不能完全听懂,但从她的表情猜出是个好结果。

"太好了,太好了!"司机说,他指了指她旁边的空座位问道,"男孩在哪儿?"

"在塔兰托。"梅兰妮刚一张口,就意识到自己不该说那

么多。

"夫人……要出租车……塔兰托？"司机问。

"不用，不用。到了罗马我会打电话给朋友，然后他会过来。我要是需要出租车，一定通知你。"

"你有几个孩子？"司机问。

"我没有孩子。"梅兰妮说。

"我，五个孩子。"司机骄傲地说。

突然，出租车开出了主道，差点冲下了悬崖。梅兰妮拼尽全力抓住了座位。"夫人，不要害怕，一切 Ok。"司机开稳了车后，用英语磕磕绊绊地说道。似乎是为了让她更放心，他哼起了歌剧。梅兰妮想试着听一听，他哼的到底是哪一出，结果发现他将两首不同的曲目唱混了，忍不住地笑了起来。

等回到罗马，住进旅馆时已经是深夜了，但梅兰妮还是请接线员接通了伦敦的电话。她闭上眼睛躺在床上，一边打着瞌睡，一边等着电话。电话响了。一开始，听筒里传来了两个接线员的声音，接着远远地传来詹姆斯的声音。

"詹姆斯，你相信吗，"梅兰妮对着电话大声喊道，"我找到他了。"

"你的声音太小了，"她丈夫说，"他现在和你都在罗马吗？"

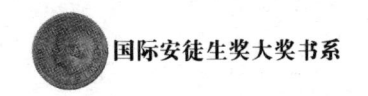

"没有,但有人认识他,看了照片就说'那是尤尔克!'而且尤尔克的名字也在名单上——朱利安·戈登伯格。你不知道我有多高兴,我太开心了!我真的也想你!"

"你准备怎么办,梅兰妮?他在哪儿?"

"我在电话里没法跟你说,詹姆斯,你明白吗?他在别的地方,明天我会去那里,到了那儿我会给你写信。你还好吗?玛丽把你照顾得还好吗?"

"我一切都好,我也特别为你高兴。我已经联系上了罗马的大使馆。你有什么需要的话,随时可以找他们帮忙。"

"你告诉他们我为什么会在这里了吗?"

"当然没有。"

"我觉得我不应该让他们知道这件事,不过还是要谢谢你,詹姆斯,请打电话给——"

电话突然断了。

梅兰妮等着电话再次接通,然而再没有声音了。过了一会,她将话筒放回原处,倒头就睡着了。她梦到了小尤尔克,在老房子的庭院里,他们正一起给母鸡喂食呢。

梅兰妮一大早就醒了,然后再也无法入睡。她想与其在房间里走来走去,等着到点再叫出租车去火车站,不如现在就出发去坐电车。于是,她在清晨出发了。路上的人们正急急忙忙赶着去上班,他们一个个把自己裹在大衣里,衣领竖得高高的，以抵挡三月份凛冽的寒风。梅兰妮递给售票员几张纸币——可笑的是，其中有一张意大利钞票上印着一大串零，却并不值多少钱——然后看着他拿出一沓用橡皮筋绑着的钞票，数零钱找给她。他一边用一支小小的、带着橡皮头的铅笔飞快地在钞票上画着，一边大声地点着数。

到了火车站，梅兰妮买了一张头等票，然后就开始全神贯注地读起一本恐怖小说了。这是她特地为这次长途旅行准备的，售票员跟她说过，到梅塔蓬托差不多需要八个小时，那应该是下午了。

火车到站了。梅兰妮下了车，发现这里的天气和罗马的大不一样，倒不是因为她从罗马出发时是清晨。这儿的天空碧蓝碧蓝的，当她踏上月台时，温暖的太阳正张开双臂迎接着她。

尽管她到的这个镇很小，但没有人知道海边有个临时的"精神病院"，也没有人告诉她，哪里可以租到一辆吉普车。最后，一个出租车司机把她带到了一个加油站，她在那里用最简单的英语才打听到那些"疯子"落脚的地方。加油站一个工作人员的儿子答应用他的小型敞篷货车，把她送到那里。他说他经常把汽油卖给那些开吉普车的卫兵，那些卫兵就是管理那些疯子的。有一次，他帮他们修了一辆车，并把车开回营地去了。他带梅兰妮走在一条比羊肠小道还

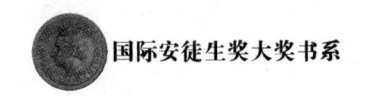

窄的小道上,循着车辙一路往前。最后,车子停在了一个半圆拱形的活动房屋前面,屋子背后就是大海。

"夫人,不能再往前走了,"他说,"你听镇上的人们说了吗,这里的人都是疯子,每一个。"他将手放在前额,一边说祈祷,一边画着十字架。

"在这里等我。"梅兰妮说。

因为鞋子一直陷在泥沙里,梅兰妮决定把高跟鞋脱了,光脚走过去。她心里非常清楚,等她走到房子那边,脚上的丝袜会是一副什么样子。

从远处看过去,营地那边好像没人住似的。泥沙路很长,好像是一道无人把守的屏障。不过很快,梅兰妮就看到了第二个圆拱形的房子,和一些搭在树丛中的棚子,有两三个人正在那儿走来走去。远处海滩上,她看见有人在拖着一根木头,看样子那应该是个女人吧。天色渐渐暗下来了。有两个人,一个年轻男孩和一个年轻女孩,从一堆营火边站了起来,朝这边走了过来,两人看上去神情严肃。

"你好!"梅兰妮用意大利语跟他们打了声招呼,又用意第绪语说了一遍。奇怪的是,他们两个人都听不懂。不管怎样,她决定不说英语。不一会儿,来了一个叫亨耶克的人。

"你们是从哪里来的犹太人,不会说意第绪语吗?"梅兰妮问亨耶克。

亨耶克解释,巴勒斯坦的犹太人说的是希伯来语,他们只知道一点点英语。"他们也学过一点点意大利语,"他说,"我来给你做翻译。"

"我在找一个人,他是两三个星期前跟一大批人一起来这里的。"梅兰妮说,并向他们提到了山庄附近那个小镇的名字,"我昨天去那里了。"

亨耶克做了翻译,两个巴勒斯坦人互相看了看对方,年轻点的那个用希伯来语说了几句话。

"他们今早离开了,夫人。"亨耶克翻译说,"您碰巧没赶上。"

"离开了!去哪了?"

亨耶克把她的问题又做了翻译。

两个巴勒斯坦人用怀疑的目光打量着梅兰妮,没有回答。她把那两封信拿出来给他们,一封是耶路撒冷犹太事务局写的,另一封是山庄那边的负责人写的。他们读了信,态度稍微缓和了些。

"你看,他们不应该把你送到这里来,"那个男孩说,"我们必须得让你离开了,你一会儿在司机面前尽量表现得像是受了惊吓的样子,你侄子今天早上坐船去巴勒斯坦了。"

亨耶克做了翻译。梅兰妮提着鞋走回车子那边去了,亨耶克这才问另外两个人,为什么不把轮船出发的日期告

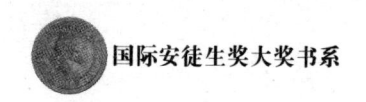

诉她。

"她不知道这些更好。"那个男孩说。

他们三个人一起回到营火边去了。

梅兰妮坐上夜班火车,凌晨时回到了罗马。在旅馆,她打通了伦敦的电话,将詹姆斯从睡梦中叫醒。火车车轮的轰隆声依然在她脑子里轰鸣,她似乎感觉自己还在古老的铁轨上摇晃着。听到电话里的响声,梅兰妮突然感觉很想回家,回到电话的那头去。

詹姆斯接通了电话。

梅兰妮说:"詹姆斯,听到你的声音,感觉你就在我身边一样!电话实在是人类历史上最最伟大的发明。我跟你说,我刚回到旅馆,实在太失望了。他们今天早上乘船走了……是的,设想一下!不过,我会先飞到巴勒斯坦去,那里有我的一个老朋友,她在基布兹,我想我可以去拜访她,在船没到之前,我会在耶路撒冷待上一段时间……我跟你提起过的犹太事务局的那个人告诉我,如果朱利安到了,他会通知我……至于什么时候回来,大概还需要一两个星期吧。他们坐的是艘小船,恐怕还不能直达……如果这样的话,我直接去塞浦路斯……伦敦一直在下雨吗?真的很想你,你为什么不来呢……也是,你实在太忙了,詹姆斯,我可等不到你退

休了。我明天这个时候会再给你打电话的,再见!"

她突然又想起了什么:"詹姆斯,告诉玛丽去拿……"

但是电话已经断了。

梅兰妮和衣躺在床上,想着心事。当她再次睁开眼时,天已快亮了。她起来拉上窗帘,把"请勿打扰"的牌子挂在门把手上,倒头又睡了。

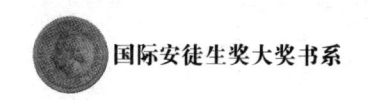

第八章 在 海 上

　　临近傍晚时,尤尔克他们即将登上的"特拉维夫号"悄悄地从梅塔蓬托的一个小海港开了出来,准备出发。不一会儿,船在夜幕的掩护下折了回来,停泊在营地的对面。在那里,非法移民们会分别乘坐三艘小艇转移到这艘船上。移民们很快发现,原来登船演练真的很有必要。跟练习时用的木制模型船不同,这艘船一直晃个不停。尤尔克很担心特蕾莎,可她像只猫一样,顺着湿绳梯爬到了随波涛起伏的甲板上。他紧随其后,心里想着,万一特蕾莎摔下来了,他该怎么办。

　　等来到了甲板上,他问道:"特蕾莎,你会游泳吗?"

　　"不会,你会吗?"特蕾莎说。

　　"我也不会,"尤尔克说,"谁会教我游泳呢?"

　　甲板上很冷,组织者下了命令,他们都必须下到船舱里去。他们这才意识到自己在做什么,这与尤尔克原来想象的通往梦想之国的旅程并不一样。船舱里又挤又闷,看不见哪儿有灯泡,昏暗得很。船舱里有一些木制的床铺,一排排放置在那,床架是金属的,上面挂了一些帆布,床与床中间只有一个小小的空间,供他们爬上爬下。就在尤尔克和特蕾莎站在那儿商量该选哪个床位时,上铺很快就被抢完了——有人觉得上铺的空气好些,而且船开动时也不会晃得特别剧烈。最后,他们找了两个相连的下铺,睡觉时可以头顶着头。对于尤尔克来说,床太窄了,每次他想要翻身,都要先站起来,然后换个姿势重新睡进去。正当他在练习怎么翻身时,听到特蕾莎在那儿笑。

"你看起来很好笑呢。"她"咯咯"地笑着说。

"我简直无法呼吸,"尤尔克说,"这种地方让我觉得自己要得幽闭恐惧症了。"

"罗伯特在哪里?"特蕾莎问。

"我不知道,"他说,"如果说他这会儿已获准进了船长室,我也不会觉得奇怪。"

特蕾莎长得比较小巧,因而在床铺上翻身没问题。这会儿,船舱里已挤满了人。有人喊了一声:"船已经启动了,你们感觉到了吗?"

大家一下子都静了下来。因为之前船一直在摇晃,所以不知道船有没有在开。大家在安静中感觉到了引擎在振动,

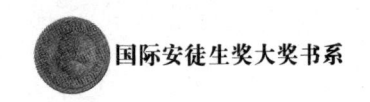

船也震动得越来越厉害了。

"是的，"有人低声说，"我们出发了。"

突然有人开始唱起了"希望之歌"，那是犹太人的国歌。后来，越来越多的人跟着一起唱。或许是因为船舱里太拥挤，或许是因为里面太昏暗，也或许是因为大家心里都知道保密的重要性，他们唱得很轻，听上去更像是在祷告——为自己能够顺利、安全地抵达海的那一边而祷告，那是每个人带着各自对死去家人的回忆，多年来一直梦想去的地方。

海浪越发汹涌了，日子像噩梦一般漫长。在尤尔克和特蕾莎之前，已经有人开始晕船了。一开始，他们还到甲板上去上卫生间。但站在扶梯口尽头的卫兵只允许他们一个一个地上甲板。必须等到前一个回到船舱，才允许下一个到甲板上去。船舱里吃的东西和在梅塔蓬托时的一样，还是饼干和罐头。天气还不是特别差的时候，船舱里已经有人往那些空罐子里又吐又拉，他们去甲板上时，再将这些污秽之物倒入海中。

上船后的第一个早晨，特蕾莎和尤尔克都醒得很晚，差点没分到饮用水。有个同样从山庄来的朋友叫醒了尤尔克，尤尔克又把特蕾莎叫了起来。在昏暗的船舱里，白天和黑夜几乎没什么区别。很少有人聊天，说话的也都压低了嗓子。大多数年轻人蜷缩在床铺上，安慰自己旅途不会太久。每个

早晨都有人来通报一下日期、时间和船在海上的位置。

尤尔克和特蕾莎也没有怎么说话。周围躺着那么多陌生的或并不怎么熟的人，也不方便说话。有的人睁着眼睛，有的人闭着眼睛。海浪越来越汹涌，能做到不吐的人也越来越少。有时候，因为没有力气下来，或者来不及爬下来，上铺的人直接就往下吐了。尤尔克就碰到了这样的情况，好在他及时把自己裹在了毯子里。事后，他将毯子拿下来，丢在了床铺下面，后来就用它当厕所了。

特蕾莎生病了，平躺在床上。他不知道该怎样帮她。特蕾莎只好告诉他，让她独自待一会儿就好了。

星期四早上，情况更糟了，船在海浪中像是要被撕成两半。尤尔克一直守在特蕾莎身边。

"你知道吗，"她苍白的嘴唇喃喃说道，"我想起了一些事情。我很小的时候发过一次高烧，我那时以为我肯定要死了。我父亲坐在我床边，每次睁开眼睛我就能看到他。我当时想，要是我睁开眼睛看不到他，就说明我已经死了。"

在一阵喃语之后，特蕾莎终于睡着了。尤尔克依然守在她身边，一个劲地感谢上帝，幸好当初没有让他们抢到上铺，否则他现在就不能坐在特蕾莎身边了。

尤尔克从噩梦中醒了过来，感觉有人紧紧地抓着他的手。原来是特蕾莎，她一直在做梦。他什么都没想，就把她的

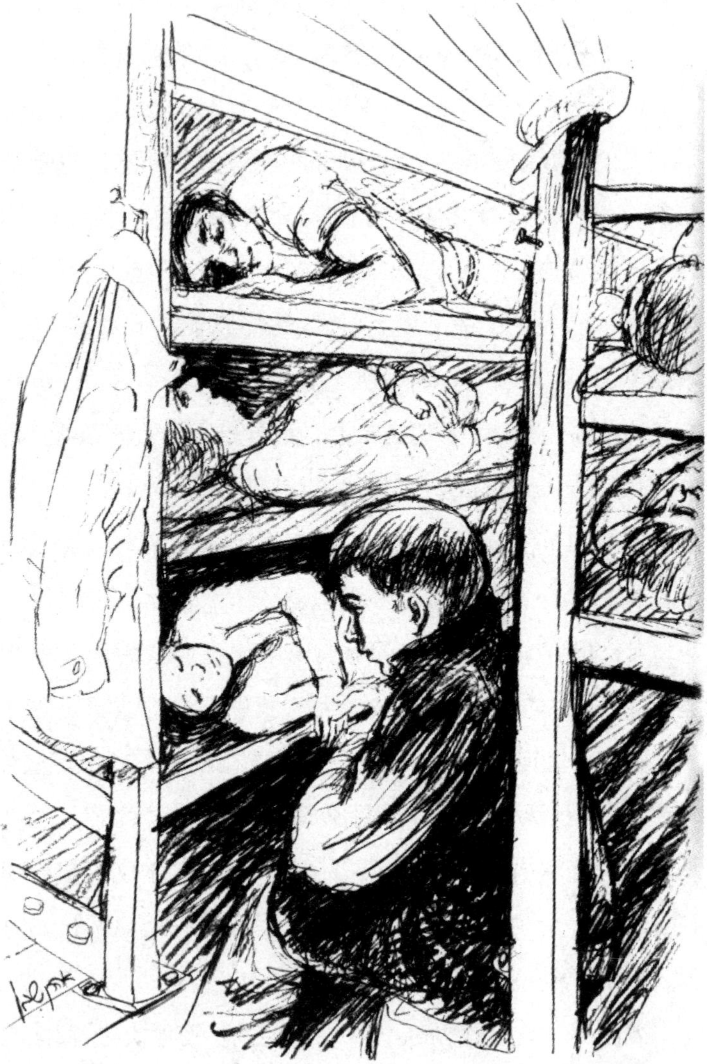

手拿起来,放在唇边吻了又吻。他突然又有点内疚,觉得自己在她睡着时占了便宜。

后来,他自己也睡着了,也不知道自己究竟是睡了几个小时还是几天。突然,尤尔克感觉有人在摇晃他,手电筒的光照得他睁不开眼睛。他在惶恐中醒了过来,使劲想,自己这是在哪儿呢。船已经停了,也没有人呕吐了。除了发动机的震动声和海水轻轻拍打在船身上的声音,听不到任何别的声音。他的第一反应是:脚底下的地板太脏太恶心了。

"尤尔克,我总算找到你了。"

"罗伯特!"

"到甲板上去吧,不要待在这儿。这地方叫人怎么呼吸啊!"

特蕾莎也醒了,她见到了罗伯特,也很高兴。

"你到哪儿去了?"尤尔克问道。

"甲板上呀。"

他不相信:"你一直在甲板上?"

罗伯特悄悄地告诉他们,他一直在和大副(船长的第一助手)玩扑克,为了能待在他的船舱里,他故意让大副赢了好几笔大钱。现在天气好多了,每个人都想上甲板去呼吸呼吸新鲜空气。

"几点了?"尤尔克问。

"半夜。走吧,风浪停了。"

"我们到哪儿了?"特蕾莎想知道。

"我们已经过罗德岛①了,"罗伯特说,"上去吧。"

"等一下,"尤尔克说,他弯腰去拿那个满是粪便的毯子,"有些东西我得丢到海里去。"

"我也是,"特蕾莎尴尬地说,"走吧,你先走。"

他们两人在甲板上过了一夜。罗伯特为他们找了一个可以挡风的地方,还带来了毯子和一些洗漱用的水。过了一会儿,他又拿来了两个苹果。不过,他没有留下来和他们一起吃。

有好长一段时间,尤尔克和特蕾莎静静地坐着,大口大口地吸着又冷又爽的海风,好像怎么都吸不够似的。特蕾莎说:"就算被冻死,我也不在乎,反正我不想再到船舱里去了。"

"我也是。"尤尔克表示同意。

她似乎离他很近,又似乎很远。他突然怀念起他们的床铺来了。在那个拥挤不堪、满是恶臭的船舱里,他至少还可以抓着特蕾莎的手。后来在有人赶他们下去时,他们都拒绝了。渐渐地,从下面上来的人多了起来。管理渐渐放松了,现在只要求大家一听到警报,就必须钻到帆布底下去。拉警报

---

①希腊东南端佐泽卡尼索斯群岛最大的岛屿。

就表示附近出现了英国船或侦察机。水手们，或者是戴着水手帽的人，必须把自己藏起来。

这是一个安静的夜晚，估计他们在海上过不了几个夜晚了吧。四周的海面柔和而又慵懒地伸展着，小小的海浪轻轻地拍打着船儿，又慢慢地退了回去。刚刚升起来的满月朗照着这一切。甲板上到处都是年轻人，一群群地坐在一起。就在尤尔克和特蕾莎旁边的一群人中，有人开始演奏曼陀

铃。他们向那个方向挪了挪,特蕾莎背靠着一根柱子坐着,尤尔克用胳膊肘撑着脑袋躺着。唱歌的时候他们心潮澎湃,因为漫长的流浪之旅就要结束了,随之而来的,将是一个属于他们自己的家,一个应许之地上的家园。为了这个家园,他们愿意付出所有。

月亮是那么的圆,那么的亮,尤尔克几乎可以看清特蕾莎脸上每一处。而她也时不时地回过头,用她那双明亮的眼睛看着他。他坐起来,向她坦白说,那天她睡着的时候,他吻过她的手,而且还不止一次。

"尤尔克,"特蕾莎说,"其实我知道,我没睡着。"

"你没睡着?"

"是的。"

他欣喜若狂地抓起她的手,将她的掌心贴在自己的脸上。他不停地告诉自己,她没睡着啊。

当他再次躺回甲板上的时候,特蕾莎温柔地捧起他的头,放在自己的大腿上。他们并没有发觉罗伯特走了过来,又悄悄地走开了。他们也没有发觉,身边还有几对年轻人,也互相爱抚着,拥抱在一起。他俩只是静静地看着那海上的月亮,他们知道船正在平静的海面上向前行驶。曼陀铃演奏的曲子荡漾在他们的耳边,他们聆听着歌声,也倾听着自己"怦怦"的心跳声。

深夜时分,他们回到放着毛毯的地方,蜷缩着睡在里面。

尤尔克睡不着。月亮看上去小多了,也远了。偶尔可以听到甲板上传来脚步声,有人轻轻的笑声,还有人低声说话的声音。从船的那一头传来一个男人的歌声,他在唱一曲意大利歌剧中的咏叹调。那一定是个水手吧,尤尔克想。特蕾莎把他的脑袋放到她腿上时,他感觉她的手在颤抖。那是因为她害怕摸他的头发呢,还是因为海风太冷了?

尤尔克转过头去看着她。她躺在那,眼睛睁得大大的,盯着天空。

"特蕾莎,"他说,"我爱你。"

"我也爱你,尤尔克。"她温柔地说。

这是他第一次亲吻女孩——他温和而又局促不安地吻了她,用嘴唇轻轻地吻着她的双唇。他想挪开,可他做不到。特蕾莎的身子剧烈地颤抖起来。

"怎么了?"他问。

"尤尔克,"她惶恐地轻声说,"我很害怕。"

"怕什么?"

"我不知道。"

他想问是不是跟刚才的吻有关系,但是他又不想把这个吻说出口。他不想随随便便地用一个词把刚才如此自然

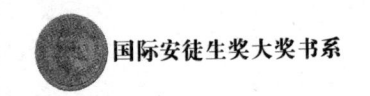

地发生在他们之间的事给贬损了,那感觉只能产生在他们俩之间,别人身上是不可能发生的。没有人有过像他们这样的感觉,也不会有人能产生这样的感觉。然而特蕾莎很害怕,尤尔克又问了她在害怕什么。

但是她也不想把那个词说出来。

他们面对面地躺着。

"你真的认为,我父母知道现在发生在我身上的事吗?"特蕾莎问。

尤尔克一下子想起了他们在意大利海边的谈话。"也许这听起来挺傻的,"他说,"但是没有人知道死后会发生什么,任何事都有可能发生。我觉得,你不能因为发过誓,就一定要戴着十字架,去做一个修女。"

"我戴着十字架,你是不是觉得不太好?"

"没有,这是另一种可爱。"

她躺在那里想着刚才的事。好一会儿后,她说:"所以你觉得我害怕……"

"是的。"

"我也想过这事。"她停了一会儿,她颤抖着说,"我想那种害怕的感觉,会一直忘不掉的。"

"罗伯特说会的,"尤尔克说,"但是——"

"你跟罗伯特也谈过?我以为你们不会聊这些事。"

"是的，他也觉得很奇怪。"

"你觉得到了巴勒斯坦，我们就能忘掉这一切了吗？"

这正是他当初问罗伯特的问题。

"罗伯特觉得不会，"尤尔克说，"但不要深陷其中。他说我们会忘掉一部分，那已足以让我们继续生活下去。他说痛苦永远在，但是希望可以让我们有能力忍受痛苦，信仰也一样。"

"他说得对。"特蕾莎说。

他们在一个又湿又冷的早上醒来了。特蕾莎笑着用嘴唇轻轻地吻着他。

"我想现在该去领杯热茶了。"尤尔克说着，站了起来，又扶特蕾莎站了起来。

在领茶的队伍中，他们碰到了几个从山庄出来的女孩，丽芙卡不怀好意地看了看特蕾莎，说："这么说，他是你的了，嗯？"

"这不关你的事。"特蕾莎说。她有点被吓着了。

"别担心，你这个小天主教流浪汉，"丽芙卡在她耳边低声道，"等我们到了巴勒斯坦，他就会把你给甩了。"

尤尔克制止了她们之间的谈话："丽芙卡，我们不是说好了吗？到基布兹之前不准再提这件事！"

特蕾莎脸红了。尤尔克拉着她的手走到队伍后面去了。

"我在巴勒斯坦不想和他们住在一起,"特蕾莎说,"我一分钟都不想和她们在一起!"

"特蕾莎,那里有很多基布兹,"尤尔克说,"我们可以要求去别的基布兹。"

他屏住呼吸,看着她。她难过地咽了咽口水,什么也没说。

她会因为没有信守誓言而受到惩罚吗?

第九章　回到耶路撒冷

梅兰妮从机场打了辆车去耶路撒冷。大卫王酒店是耶路撒冷最高档的酒店,戒备森严。想起之前对这个酒店的印象并不怎么好,所以她让司机带她到一个游客不太多的地方去。他们来到了伊甸园酒店,周围是犹太人的居住区。放下行李、稍作休息后,她就开始行动起来了。她首先步行去了犹太事务局。跟几天前一样,那里什么都没变。大楼周围依旧布满了铁丝网和英国兵。大楼里头,伊扎克·费雪勒还坐在同一张桌子旁。他立即就认出了她,看上去很高兴再次见到她。

"怎么样?你找到他了吗?"

"找到了,也可以说没找到。但我知道他很快就到了,他乘坐的那艘非法移民船叫——"

"嘘——"费雪勒没让她说下去,朝四周看了看,"跟我来,我们到走廊那边去。"

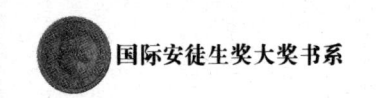

梅兰妮简单地讲了讲自己在意大利调查到的情况。

"您说的这艘船还没到呢,福克纳夫人。"

"我知道。但船一到,您能不能马上就通知我?我想您是第一时间会得到消息的官员。"

"等船到了,您就会知道的。如果能顺利突破英国人的封锁线,消息很快就会传开。当然,那得等到所有移民都安全撤离之后。"

他答应一有消息就打电话到酒店。然后他们握手道别了。

梅兰妮的下一个计划是和汉娜取得联系,然后尽快过去看她。她的这个老朋友住在南部一个叫世博列的基布兹农场。梅兰妮得知尤尔克搭乘的那种小船至少需要一星期才能到耶路撒冷。这样算来,离船抵达还有两三天的时间。于是,她给基布兹那边打了电话,然而,尽管接线员做了很多努力,但电话始终没接通。

她又打电话给斯科特上校,秘书说上校要在两小时后才能回去办公室。梅兰妮决定给汉娜发电报。酒店工作人员跟她说,愿意为她代劳。

"邮局远吗?"她问。

"不远,夫人。走路也就十五分钟吧。"工作人员说。他从便笺簿上撕下一张纸,一边画路线图一边给她讲解:"这

儿是耶路撒冷市中心,沿着这条街就能到邮局。英军把市中心变成了军事重地,我们把它叫作贝文城。"

梅兰妮突然笑了起来。她在想,下次鸡尾酒会上她要给外交部长贝文讲讲贝文城,不知道他会有怎样的表情。

"还是我代您去吧,夫人。"那个工作人员说。

"其实,"梅兰妮说道,"我就是特别想去看看你们的贝文城。"

看到的情况远比想象的要糟糕。梅兰妮好奇地沿着玛丽公主大街一路往前走,穿过一栋拱门很高的建筑,来到了一个地方,那里到处布满了铁丝网和军事碉堡。不远处,一道高高的栅栏挡住了去路,她只好原路折回,绕了个弯才走到邮局。邮局位于雅法路上。梅兰妮突然产生了一种奇怪的感觉。自二战结束以来,她第一次体会到,原来世界上有一些地方,随时会爆发新的战争。而如果有一场战争在此地爆发了,那么,她——来自英国的梅兰妮,将被视作敌人。作为一个英国公民,作为这个强大的、在击败纳粹德国中功不可没的强大帝国的一员,她的感觉不再像以前那么良好了。忽然间,她觉得自己站在了一个错误的立场上。在这之前,她从未思考过,她那地地道道的犹太血统和她作为英国公民的这个身份之间居然存在着矛盾。

发完电报,梅兰妮心情沮丧地回到了酒店。在房间里,她再次给斯科特上校打了电话,这次终于接通了。一开始,她的心情很复杂,因为对方是一名为英国政府效力的军人。而那个政府却禁止犹太难民回归故乡,他们要将这些难民驱逐到塞浦路斯岛①去。不过,她很快就放下心来了。因为她发现,斯科特上校思想开明,和那些强硬的措施之间没有直接关系。显而易见,詹姆斯不仅给他发过电报,而且还打过电话,有过详细的交谈。斯科特上校轻松愉快地向她保证,一定不让便衣警察跟踪她,同时很认真地表示,他将不遗余力地为她提供一切帮助。

梅兰妮得知,詹姆斯在给斯科特上校电话中,并没怎么提到有关尤尔克他们那艘船的情况,这着实让她松了口气。上校只知道她侄子快要到了,是和一船非法移民一起来的。"问题是,"他说,"一方面,您希望我帮您联系每一艘穿越封锁线的船只;可另一方面,正是这份帮助,移民们恐怕会对您抱有怀疑。"梅兰妮没有说什么,上校又接着说,"不过,别担心,福克纳夫人,我们一定能找到一个解决办法。还有,如果船来了,我得知道在哪儿能找到您。"

"明天,我要去南部的一个基布兹农场。我有个多年没

---

①塞浦路斯岛位于地中海东部,为地中海第三大岛。塞浦路斯在历史上曾被不同民族占领和统治。英国于1878年侵占塞岛,1925年塞岛正式沦为英国殖民地。1960年独立并成立塞浦路斯共和国。

见面的老朋友住在那。我刚去给她发了电报。你知道,路上有个贝文城。大家都是这么叫的吗?"

"其实我是昨天才注意到的,还没来得及给外交部长递交政府报告呢。"上校开玩笑说。

"哎,那您就别递报告了,我当面跟他讲吧。"

上校大笑了起来。"您那个基布兹叫什么来着?"他问。

梅兰妮从手提包里找出一张小纸条:世博列。

"我很乐意亲自送您过去,福克纳夫人,不过那样做容易引起误解,反而会让您不好办事。您应该已经见识过了,犹太人对我们英国人疑虑重重。我建议您打个出租车,到那种地方去的公交车每天只有一到两趟,而且路上会很辛苦。当然了,去了那里我就没法联系上您了,因为唯一的一台电话可能设在总办事处。"

梅兰妮再次试着电话联系世博列,等了很久,跟总办事处的电话总算接通了。虽然对方花了很长时间才找来一个会说意第绪语的,但她还是坚持自己原先的决定,坚决不讲英文。对方让她给汉娜留个言。她把电报的内容重新说了一遍,问他们能不能让她的朋友尽快给她的酒店打个电话。

第二天一早,电话铃响了,是汉娜打来的,不过信号很差。汉娜非常激动,梅兰妮让汉娜把电话先挂掉,自己重新打过去。汉娜说这样做太冒险了,她担心电话会接不通。于

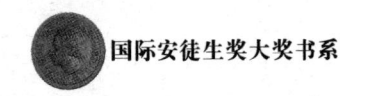

是仍然保持这样的通话。

"我在耶路撒冷!"梅兰妮对着话筒喊道。

"待多久?"

"不知道。我来找我侄子。他搭了艘非法移民船,快到了。"

"什么?"

"非法移民船。"

"我想见你。"

"我也是,我下午就过来。"

"我等你。可你怎么来呢?"

"别担心!"梅兰妮喊道,"我有办法。"

"我听不清楚!"汉娜大喊。

"我们很快就能见面了!"

"盼着见你!我太高兴了!"

电话断了。根据梅兰妮的要求,酒店工作人员给出租车公司打了电话,希望能找一名会讲意第绪语的司机。简单交流后,工作人员问梅兰妮,能不能将就着找一名既懂点德语又懂点英语的。她只好答应。

梅兰妮发现,找到的司机看起来很机敏,长相也很出众。梅兰妮问他,能不能再把她送回到耶路撒冷来。

"今天吗?"他疑惑地问。

"不,我打算明天返程。"

"当然可以，"他说，"我敢肯定，基布兹的人会给我安排住宿，还会邀请我去他们食堂吃饭的。"

梅兰妮没有搭话。对于这个新国家的一些风土人情，她一无所知。不过，她仍然记得，自己的父母也常常会邀请那些路过他们小镇的犹太人留在家里过夜。"我们犹太人一定要相互照顾。"她父亲总喜欢这么说。

"开车要多久？"她问司机。

"差不多四个小时吧，"他说，"再加上途中休息的半小时。我的车况很好，不过路况不佳。我们唯一要担心的是车子会不会爆胎。"

梅兰妮很快便得知，司机叫梅尔，原先是个律师，住在柏林，身不由己才来了巴勒斯坦。他说尽管放弃了律师这个职业，转行做了一名出租车司机，但他一点都不懊悔。梅兰妮听后感到很惊讶。

途中，他们经过了很多阿拉伯村庄，偶尔也能见到一些犹太村庄。阿拉伯人的房子颜色比较接近石头或者泥土，屋顶是平平的，四周种着橄榄树。而犹太人的房子则是白色的墙、红色的瓦，四周种些橘子树和柠檬树。梅兰妮说，她觉得犹太人的房子更漂亮，而司机却并不同意她的看法。

"犹太人的房子好像是从德国或瑞士搬过来的，安置在了一个错误的地方，"他说，"你看，阿拉伯村庄跟当地的自

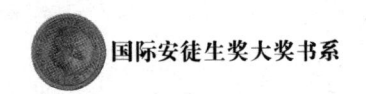

然景观配合得多和谐。"

"我倒没想到这一点,"梅兰妮承认道,"这儿人人都说,我们犹太人多么有修养,多么欧式。"

她不经意间很自然地就说出了"我们"一词,忍不住也笑了起来。她真真切切地感受到,她属于这方土地。

"是啊,很多人和我想的不一样,"司机说,"对于自然,我怀有一种浪漫的情愫。倒不是因为我想让孩子们在阿拉伯人的房子里长大成人。"

"你有几个小孩?"

"四个男孩。"

他是个热情而有趣的人。梅兰妮虽然有点后悔自己选择坐在了后座上,可是,这个时候再要换位置,总归有些不太妥当。于是,她向前靠了靠,跟他说起了自己侄子的事。他们在路边的一家阿拉伯餐厅吃饭时,她给司机看了尤尔克和她哥哥的照片。司机也认为,他们两个长得实在太像了。

按照巴勒斯坦犹太人的习惯,他们很快就相互直呼其名了。梅尔点了两份蘸酱:胡姆斯酱[①]和塔维尼酱[②],上面浇着喷香的绿色橄榄油;两份碳烤肉:萨斯里克和科巴,以及各种没怎么吃过的沙拉。梅兰妮一一问了名字,在心中默记着,她

[①] 一种中东特有的豆酱。
[②] 一种芝麻酱。

打算到时告诉詹姆斯呢。用餐快结束时，店主端来了一个铜盘。铜盘上放着两小杯清咖，和一个装满了土耳其浓咖啡的铜制咖啡壶，壶嘴又长又弯；还有一些小点心，是一种叫巴克拉瓦的果仁蜜饼，有开心果馅的和蜜汁馅的。看着这些食物，梅兰妮完全着了迷。她想在土耳其咖啡中加点牛奶和糖，梅尔示意她不要这么做。他解释，店主这么做是表达他对您的尊重，如果另外加东西进去的话，对方会觉得你无视礼节。而且咖啡已经加过糖和奶精了，再加牛奶的话，会破坏口感。

　　用过餐，他们继续往南走。沿途的阿拉伯小村庄看上去越来越破烂，房子是用泥土造的，屋顶上铺着的不是茅草，就是生锈的铁皮。到处都是仙人掌，偶尔能看到一两个贝多因人①的帐篷。混凝土路面上没有铺沥青，路上几乎看不到车子，即使有，大多也是军车。偶尔会碰上几个人，大多是一个骑着驴的阿拉伯男人，后面跟着几个头上顶着包裹的女人。梅兰妮很好奇，很想多知道一些他们的情况，梅尔因此跟她讲了一些当地阿拉伯人和贝因人的风俗习惯。

　　傍晚时分，车子开到了基布兹农场前门，院子里扬起了滚滚的尘土。

---

①贝多因人，一个居无定所的阿拉伯游牧民族。

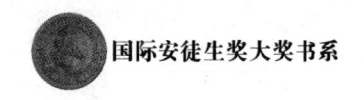

第十章　世博列基布兹

车子到农场门口时，大多数基布兹人刚结束了一天的工作。不一会儿工夫，梅兰妮就发现自己被一群穿着工作服的大人和大大小小的孩子们围住了。几乎没有私人汽车开到过基布兹农场，更别说是一位优雅的贵妇人的私人汽车了。梅兰妮被带到鸡舍那边，那是她朋友汉娜工作的地方。她看见汉娜正在一间小小的棚屋里分拣鸡蛋，棚屋边上有一只长长的笼子，笼子里面的白色母鸡在"咯咯咯"地叫着。汉娜系着一块头巾，看上去已经有好几个月的身孕了。

汉娜没有一下子就认出梅兰妮来。她的视线先是落在了那顶帽子上，等到看清帽子底下的那张脸，她突然就两眼放光，欣喜不已。两个女人都差点掉眼泪了。汉娜脱掉工作服，两人拥抱在了一起。梅兰妮紧紧地抱着老朋友，但感觉汉娜的拥抱似乎并没有想象得那么热烈。她想，也许是汉娜挺着大肚子的缘故吧。

"你打扮得可真漂亮。"汉娜一边说,一边拍着自己衣服上的一些碎屑,"我在特拉维夫也没见过这么漂亮的帽子啊。"

"我对帽子毫无抵抗力,"梅兰妮自己检讨说,觉得有点不好意思,"这是伦敦最新的款式。"

"你怎么过来的?"

"打车。"

"从耶路撒冷一直打车到这里?"

"是的。不过,我的那个司机今天不想回耶路撒冷了,这样明天就不用来回多跑一趟。"

"这完全没问题,"汉娜说,"我们会给他安排住宿的。"

汉娜领着梅兰妮和梅尔去了餐厅。一切都很自然,梅兰妮也就没有了先前的担心。她好奇地东看看、西看看。汉娜答应明天一早带她好好参观基布兹。

餐厅是长方形的,天花板很高,几扇大窗户用蚊帐遮着。这里面有十二张餐桌,每张餐桌旁有八把椅子。有一男一女两位基布兹成员,正在摆餐桌,为晚餐做准备。有两位年长点的基布兹人在一个角落里下棋。汉娜把梅兰妮领到了另一个角落后就出去了,两分钟后,她拿来了满满的一壶茶,两个白瓷杯子,还有糖、牛奶、一盘面包和果酱。

"我们称它为基布兹蛋糕,"汉娜指着桌上的面包和果

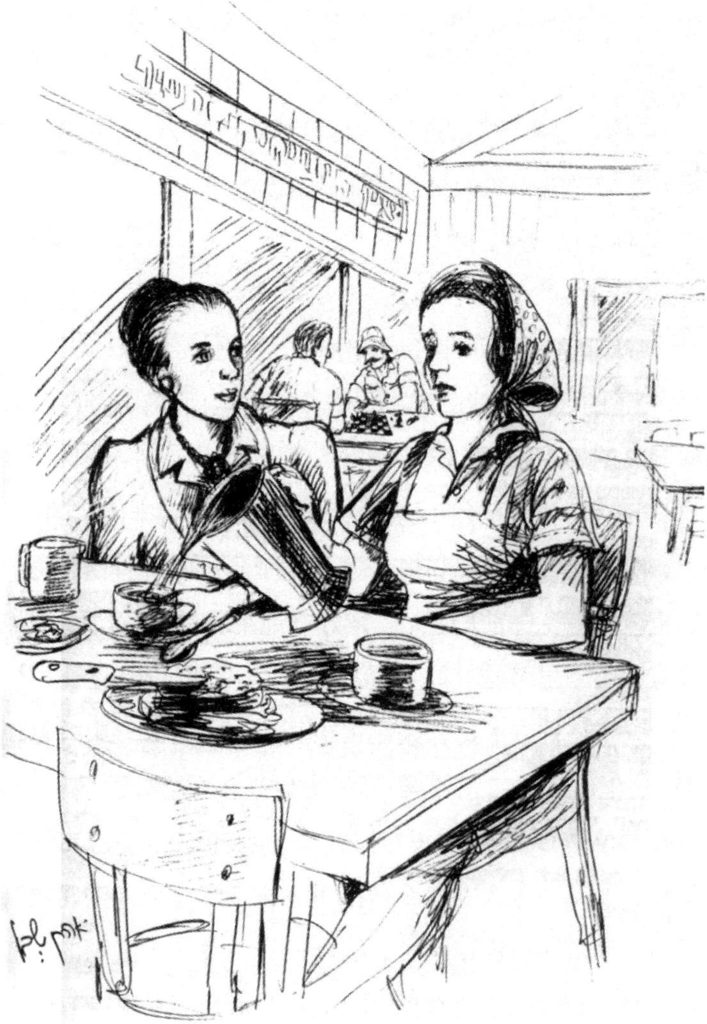

酱说,"正式的晚餐六点半才开始。"

"我真的不饿,"梅兰妮不想让她太费心了,"我们在路上吃过东西了。"

梅尔打了声招呼就去旁边看两个男人下棋去了。他很快就和其中的一个玩起一种游戏了,另一个则在一旁观看。他们三人都讲德语。

"你们那可以为他安排个床铺吗,阿耶?"汉娜问其中的一个男人。

"他要找个地方睡觉吗?我会安排的,你不用担心。"

汉娜带梅兰妮去了她的房间。在长长的通道上共有六个房间一字排开,大家共用一个阳台。汉娜解下头巾,在门边的水龙头下洗了手和脸。洗脸水流进了一个装满沙石的桶里。"这是我们洗漱的地方。"汉娜说。

"你是说……没有其他梳洗的地方了吗?"

"噢,不是的。"汉娜笑道,"离这儿一百米远的地方有一间公共浴室。那儿有洗脸池,还有热水。不过,我喜欢晚上迟一点的时候过去洗澡,那时候很空,几乎没人了。你可以跟我一块去。我懒得一早起来洗澡,尤其是冬天,所以就在这洗脸刷牙了。"

梅兰妮问洗手间在哪儿,她急着想上洗手间。

"噢,可怜的家伙!来,走这边。我的房间没厕所,我平常

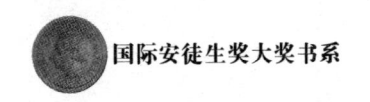

都去浴室旁边的那间。"

他们沿着一条铺好的小路到了厕所。梅兰妮觉得,这边的卫生间比火车上或者车站的公共厕所确实要干净多了。不过,她还是用得小心翼翼。她有勇气和汉娜一起去公共浴室洗澡吗?让别人看见她的大肚子,汉娜会不会觉得不好意思呢?那可能就是她很晚过去洗澡的原因吧。

"你那只有一个房间吗?"梅兰妮问。

"是的。我们每个人有一个房间足够用了。"

"孩子们睡哪儿?"

"他们睡儿童房,午休也在那里。午休结束后,他们会到父母身边待上几个小时。晚上回儿童房睡觉。"

"你没有自己的厨房?原谅我问了这么多问题,我可从没见过这样的生活方式。"

"自己的厨房?没有,当然没有。我们都到食堂吃饭。我觉得这是一种很理想的生活方式。明天早上,我带你到处转转,扬科勒会带你去工厂那边看看。"

"他什么时候回来?"

"他随时会回来。他这会应该在洗澡。你能不能多住一两天?让你的司机先回去,到时我们会想办法把你送回耶路撒冷。"

"恐怕不行。我侄子乘坐的船明天该到了,我得回耶路

撒冷等消息。"

梅兰妮跟老朋友说了整个故事的来龙去脉,并给她看了照片。

"一旦被英国人抓住的话,"汉娜说,"他们就要被驱逐到塞浦路斯岛上去。"

"我明白。所以我必须早点回去。我在耶路撒冷有个熟人,是个英国军官——斯科特上校。有消息他会随时告诉我。"

"你跟他说那艘船的事了?"汉娜用一种奇怪的语气问道。

"我只说了个大概。"

"一个英国上校?你不觉得这有点太过分了吗?"

她不信任我,梅兰妮想。

"汉娜,我理解你心里的种种怀疑。但你知道,犹太事务局的长官完完全全相信我。他甚至为我给意大利那边写了封介绍信。他告诉我,一旦尤尔克到了巴勒斯坦,他会帮我和犹太地下组织取得联系去找尤尔克。你知道我做过什么傻事吗?"

不等汉娜回答,她继续说道:"我只告诉上校,我在找侄子,他有可能坐了一艘从欧洲出发的船。我甚至没告诉他船是从哪个国家出发的,虽然他心里肯定知道船是从意大利开出来的。你得知道,除了犹太人,许多英国人也都不赞同政府制定的政策。艾德礼首相想要对阿拉伯人兑现自己的承诺,这我能理解,但他这样做,公正性哪儿去了?犹太人在欧洲大陆惨遭迫害,对他们来说,这些承诺意味着什么?再说了,我理解的东西和我感受到的东西完全是两码事。我和你一样,是地地道道的犹太人,我唯一关心的只有我的同胞。"

她为自己所说的话震惊了。她在心里跟自己说:"梅兰妮,你在说你以前从未说过的话呢。"

看得出来,汉娜很为她之前说的话感到后悔。突然,她紧紧地抱住梅兰妮,给了她一个热情的拥抱。这个拥抱正是梅兰妮先前所期待的,这个拥抱,把她们两人从波兰到现在这么多年发生的一切统统抹掉了,连汉娜的肚子都无法把她们隔开了。

"你感觉到了吗?"汉娜问。

梅兰妮跳了起来:"那是什么?"

"是宝宝在踢我。"汉娜笑着说。

"我不知道宝宝居然会踢人。你说的是真的吗?我太激动了!真的好羡慕你。"

两人又拥抱了一下。梅兰妮问:"这个年纪怀孕,你不害怕吗?"

"不怕。你知道吗,在失去之前的孩子和丈夫后,我一直觉得应重新开始过新的生活。如果不是第一胎的话,这个年龄怀孕其实问题不大。就算是,如果我是你——原谅我插一句——我会毫不犹豫地去试一试。这是你最后的机会,梅拉,你一定得这么想。"

"我在信里跟你说了,"梅兰妮说,"一开始,詹姆斯和我都想做点自己的事。战争爆发后,我们就盼着战争结束后生孩子。等到战争结束了,我们却觉得年纪大了,不能要孩子了——至少我是这么想的。"

"你在胡说什么呢?你年纪又不大。相信我,孩子会赋予你的生活崭新的意义。你想想,你为了找侄子穿越了整个意大利和巴勒斯坦,如果你明白我所说的,你就知道这绝非偶然。"

梅兰妮被彻底震撼了,仿佛是被某些很久之前就深埋在心底的东西所震撼了。她怎么从来就没意识到,她之所以寻找尤尔克,不仅仅因为他是她唯一幸存的亲人,还因为她想要个自己的孩子!现在要孩子,真的还不算晚吗?詹姆斯会同意吗?是的,如果她坚持,詹姆斯会同意的,因为他爱她。她得和詹姆斯谈谈。汉娜说得对。如果她也像汉娜那样看待死亡的话,就会懂得该怎样珍惜生活了。

"梅拉,不要因为我之前对你的怀疑而生气。这儿发生的一切,让我们没法不对英国人那样想。他们一直重申自己

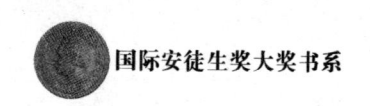

是中立的,可实际上,却完全站在阿拉伯人那一边。"

"你知道吗,"梅兰妮说,"这么多年了,一直没有人再叫我梅拉,我差不多都快忘了。你原来就是这么叫我的,听着好久远啊。"

"在英国,你真的叫梅兰妮吗?"汉娜问。

梅兰妮朝她笑了笑。连她在华沙的朋友都不知道她的这个犹太名字,从出生到长大,她一直用的是这个名字。除了照片上的这个孩子,世上再无人知晓了。她把手放上了朋友的大肚子上,再不觉得有什么难为情的了。

"我会听取你的意见,汉娜。不管怎样,我一定会的!"

那天晚上,汉娜的丈夫没回来。有个邻居过来告诉她们,扬科勒和其他几个基布兹成员出去执行哈加纳①任务了,那是一个重要的犹太地下组织。

"噢,我的天,"汉娜说道,"万一我要生了呢?"

"别担心,"邻居说道,"有我在呢。没事的。"

邻居名叫贝特萨莱尔,汉娜把他介绍给梅兰妮认识。他身材高大、皮肤黝黑、有点秃顶,看上去很强壮;穿着一件卡其衬衫、一条卡其短裤、脚穿一双凉鞋,没穿袜子;他一只手

---

①英国管辖时期组织的犹太人地下武装组织,以色列国防军的前身。

上拿着一捆工作服,由一条毛巾绑着,另一只手上拎着一双沾着泥的靴子。遗憾的是,他只会说希伯来语,汉娜只好为他们当翻译,不过这样的交流实在很不容易。

就在这时,他们听到了缓慢而有节奏的铃声。

"这是在叫孩子们去餐厅吃饭呢,"汉娜解释道,"我们也该去吃晚饭了。"

"为什么大人们吃饭不打铃呢?"梅兰妮问。

"有,但只在紧急情况下才打铃,比如火灾。又比如,和阿拉伯人或英国人发生冲突了。那时铃声会很急促。"

一行三人沿着铺成路面的小路朝餐厅走去。梅兰妮犹豫了一下,又折回房间,把帽子往床上一扔,只随身带了一只包。

"这样更好看。"汉娜笑着说。

餐厅里,基布兹人一边用餐,一边兴致勃勃地在谈论着。他们互相传递着食物,也传递着彼此之间的喜悦。看着他们,梅兰妮觉得生活充满了生机和希望。梅尔和他的两位新朋友待在一起。梅兰妮想,我身边的这些人,他们正在努力进取,在积极奋斗,也在收获希望。她很庆幸自己到这里来了。大家从四面八方向她投来好奇的眼神,她甚至一点都不介意。

梅兰妮朝身边的人看了看,他们做什么,她就跟着做什么。他们先是从餐桌中央拿些土豆、黄瓜、洋葱和青椒；接着，将它们切碎制成沙拉。有些人很有耐心，把所有的蔬菜都切成了小方块；而有些人则做得很快、很随意。在加油和加醋之前，梅兰妮在沙拉中撒了点盐和辣椒，先将其腌一下。她想，也许从他们做色拉的不同方式中，就能看出每个基布兹人的不同性格吧。

餐桌上还有几盘果酱和人造黄油、一壶热茶、一只铝盆。大家把果皮和吃剩的食物倒到铝盆中。过了一会儿，有个女人推着一辆餐车过来了。她从车中拿出热麦片、土豆和一些楔形的黄色奶酪放在桌子上，然后走向另一张桌子。

"早餐的时候，每人可以分到半个鸡蛋。"汉娜郑重其事地说。

"午餐会吃什么？"梅兰妮问道。

"汤、麦片、蔬菜，有时候还有肉丸。明天，你就会看到了。"

梅兰妮决定抛开一切顾虑，跟着汉娜去公共浴室。她感觉自己像个人类学家似的，刚到一个新国度，要去体会当地奇特的风俗。她们去浴室时已经是晚上八点钟了，里面空无一人。她们脱下衣物，挂到长板凳上方的挂钩上。湿淋淋的地板上放着几双木屐。梅兰妮学着汉娜的样子，把脚伸进其中的一双鞋子里，努力不让自己去想，这之前谁会穿过这双鞋。跟跄了几次后，她很快就学会穿着木屐走路了。

她们走到浴室龙头下,让水暖暖地喷在身上,为她消除了一下午舟车劳顿的疲乏。站在那儿擦身子的时候,梅兰妮一直盯着汉娜的肚子。除了在照片上,她之前从未亲眼见过赤裸的怀孕女人。

"今晚我睡哪儿?"她问道。

"什么意思?睡哪儿?当然睡我房间啦!我去和朋友睡,她丈夫去特拉维夫了。要是扬科勒半夜回来,他会去邻居家睡的。邻居家有张折叠式的床,他可以过去当'夜灯'。我希望他能早点回来,这样你就可以见见他。"

"我也这样想,"梅兰妮说,"哎,'夜灯'是什么意思?"

"如果有人和一对夫妻同睡一个房间,我们这儿就把这个人叫作'夜灯',"汉娜微笑着解释。

"那你为什么不让我做你们的'夜灯'呢?"梅兰妮笑着说,"我真的不想这么麻烦你们,再说了,你这个样子也不适合住到外面去啊。"

"那不可能,"汉娜坚定地回答,"这是我们的待客之道,你必须得入乡随俗。"

梅兰妮感觉这事完全没有商量的余地,她再一次想起了父亲说过的话:"我们犹太人一定得相互照顾。"

回到房间后,贝特萨莱尔顺道过来串门。碰巧有人在外头喊汉娜,所以,没有了翻译,两人之间的谈话只好匆匆暂

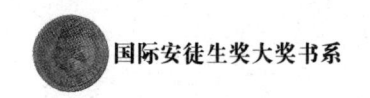

停了。几分钟后,汉娜带着另一个基布兹人过来,打破了之前尴尬的气氛。来的人叫施洛莫。他和贝特萨莱尔说了几句话,贝特萨莱尔对大家道了晚安,就离开了。令梅兰妮讶异不已的是,施洛莫转而用英语跟她交谈了起来。

"我为哈加纳工作,"他说,"汉娜告诉我,我可以信任您。"

"完全可以。"梅兰妮回答。

"我们已经和您的司机谈过了。他也是哈加纳的成员。回到耶路撒冷后,请您告诉英国官方,就说自己的护照在今天吃饭的餐馆中被盗了,梅尔会替您作证。"

"可我的护照就在这。"梅兰妮一头雾水。

"我知道。但我们需要外国护照,特别是英国护照。"

"可上面有我的名字和照片啊!"

"这您无需担心。一旦护照被偷,您就无须再负任何责任了。"

"好吧。"梅兰妮答应着,心里带着一丝不安。她从手提包中取出了护照,她知道,这样做无疑是在背叛自己的第二祖国。但她还是努力地安慰自己说,这样做是为了自己真正的祖国。

"扬科勒什么时候回来?"她问汉娜。

"我告诉你实情吧,"汉娜说,"这会儿,有一艘载着非法移民的船只正从埃及的塞得港出发。它已经成功躲过英方

的巡逻船，天亮前就会靠岸。扬科勒到那去帮助移民上岸，明天早上之前，他肯定是回不来的。"

"那肯定是尤尔克的那只船！"梅兰妮激动地说。汉娜用希伯来语快速地跟施洛莫说明了梅兰妮的事情，他们又说了几句话后，施洛莫就离开了。梅兰妮太紧张了，根本就没想要睡觉，汉娜就留在她身边安慰她。梅兰妮问，要是移民们都分散到了全国各地，她该怎么找到侄子呢。汉娜向她保证，找到尤尔克他们那一大群人绝对不是问题。也许，整船的人都会被带到世博列来呢。"一切都会顺顺利利的。扬科勒会帮你找到尤尔克，你什么都不用担心。"汉娜安慰她。

梅兰妮平静了下来。两人一直坐到深夜，聊起了各自的生活。大多数时候都是汉娜在讲，梅兰妮静静地听着，时不时地擦拭一下眼角淌下的泪水。

两人道别时，汉娜答应梅兰妮，一旦有什么新情况，就算是半夜，也一定会把她叫醒。

汉娜离开后，梅兰妮独自来到了房间外。几盏路灯照在基布兹农场的道路上，猛烈的寒风吹得她直打寒战。她怎么都记不起来厕所在哪。她朝四周看了看，见四下无人，就走进树丛里去了。

"福克纳夫人，"她嗔怪起自己说，"您知不知道自己这是在做什么？"

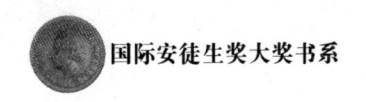

第十一章 在海滩边

在海上的最后两个晚上，尤尔克他们又是在又挤又闷的船舱里熬过的。每次放哨的人一看到远处有船或飞机靠近，就会用帆布盖上所有的通风口，使船看起来更像一艘普通的货船，这让人更加喘不过气来了。

从罗德岛出发，他们朝埃及的方向一路往南，然后急转向巴勒斯坦海岸驶去。按照罗伯特的说法，他们应该会在一个叫尼特扎姆的海滩登陆。

"那是哪儿啊？"尤尔克问。

"在特拉维夫和加沙的中间。"

"那儿有什么？"特蕾莎焦急地问。

"一切都——"丽芙卡粗鲁地说，"还没有。"

尤尔克和特蕾莎已经习惯了先前在甲板上有一点点隐私的空间，现在他们又回到了嘈杂的环境中。每当他们的目光相遇，他们就渴望能再次相互依偎，就像前几个晚上，他们一起蜷卧在毛毯里,要不耳边低语,要不静静地听着发动机的震动声,或者只是静静地听着彼此的呼吸声。回到船舱后,特蕾莎被丽芙卡搅得疲惫不堪,而尤尔克又产生了幽闭恐惧症的症状,连罗伯特都得待在下面了。这最后两天,显得比前面的十天时间还要漫长。

"该是到达终点的时候了。"尤尔克说。

终于,终点到了。

有人通知他们到甲板上去,同时做好上岸准备。这个通知跟他们接到的其他通知一样,不是专门由哪个人来下达的,消息是一个传一个、一拨传一拨、一个床铺传一个床铺地传开的。"所有人都到甲板上去——我们要上岸了!"尤尔克第一个从罗伯特那听到了这个消息,然后把这话传给了特蕾莎,特蕾莎又接着传给了其他人。而尤尔克此刻站在那,一遍遍地重复着这句话——先是在脑子里一遍遍地想,然后是小声地一遍遍地念着,最后忍不住大声地说了出来,开怀大笑。

"什么事这么好笑?"罗伯特问。

"所有人都到甲板上去——"尤尔克高声喊道。

"你没事吧,尤尔克?"特蕾莎担心地问道。尤尔克咧着嘴对她笑了笑。

"他没事,"罗伯特说,"他高兴的时候就这样。"被尤尔

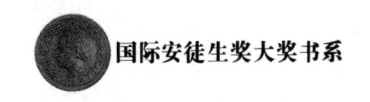

克的那份欣喜所感染，罗伯特也声嘶力竭地喊了起来，"所有人都到甲板上去——"

"所有人都到甲板上去——"他们三个人一起喊了起来。

特蕾莎也笑了。

没有人跟他们一起大喊大笑。海面极不平静，船又开始左右摇晃起来，看来天气很不好。

"几点了？"有人问。

凌晨四点了。特蕾莎和尤尔克打好包来到了甲板上。他们发现栏杆边有个空位置，就裹上毛毯站在那里，抵挡着寒风。

"罗伯特在哪儿？"

借着黎明的一丝曙光，尤尔克四处找了找，但没有找到。

"我倒不担心他。"特蕾莎说。

"我希望他在我们身边，"尤尔克说，"现在这种情况下，身边有个会想办法的人总是好的。"

"还有一个半小时，太阳就要升起来了。"有人不耐烦地说。

"那我们不成了光天化日下的活靶子了吗？"另一个人说，"我们为什么还不能上岸啊？"

就在这时，罗伯特出现了，他拿着背包和曼陀铃，戴着博尔萨利诺帽，身后紧跟着丽芙卡、贝拉和弗丽达。他们穿

过拥挤的人群,跟尤尔克和特蕾莎一起站在了栏杆边。

天边逐渐变成了鱼肚白,远处海平面上的那条线越来越黑了,那就是巴勒斯坦海岸。尽管他们很紧张,但有人告诉他们要保持安静,突然,甲板上传来一阵兴奋的低语声,但很快低语声就随风吹散了。岸上有一盏小小的灯,一直在闪烁——应该是一个信号。有一个意大利语命令四下传开了,接着他们听到船的锚链发出了"咯哒咯哒"的声音。船又漂了一会儿,船锚将其钩住了。有一艘橡皮艇开了过来,拖着一条长长的船绳。这让尤尔克想到了脐带,也就是说,从现在开始,这个脐带把他们和巴勒斯坦紧紧地连在了一起。

风吹得很紧。罗伯特说:"风太大了,橡皮艇根本开不到我们船边来。"尤尔克和特蕾莎实在是太兴奋了,所以根本就没注意到这一点。

话还没说完,橡皮艇就翻了。大家都倒抽了一口气,恐惧感在甲板上蔓延开来。在微亮的早晨,倾翻了的那只船看上去只是一个黑黑的斑点而已。船被拖回到了岸边,但是,那根船绳依然在朝他们漂来。

天色越来越亮了,他们看见有三个脑袋正挣扎着浮出水面。

"那是巴勒斯坦人!"有人满怀敬佩地低声说道。

"按计划用小船的话,他们不可能把我们都接上岸去,"

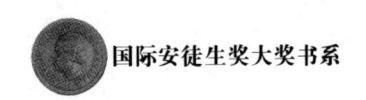

罗伯特说,"这需要很长时间,而且浪还这么高。现在差不多已经大天亮了,英国人随时都有可能发现我们。"

"那会怎么样啊?"站在他们身后一个年长一点的人问道,手里拿着他的包袱。

没有人知道该怎么回答。这时,三个巴勒斯坦人已游到了船边,有人向他们扔了绳梯,他们登上了船。移民船与海岸之间的第一个虽然微弱但却真实的联系终于建立起来了。

"风越来越大了。"有人说。

"但事情还得往下做!"尤尔克焦急地说道,转身去看罗伯特,但他却不在了。

"罗伯特在哪儿?"他问特蕾莎。

特蕾莎也不知道。

又有几艘橡皮艇从船上放了下来,好几条绳梯也从船上扔了下去。那些生病的、怀孕的妇女,在几个年轻人的帮助下,先下船去了。靠近尤尔克和特蕾莎站着的是他们船上的"开心果"——一个十岁的小女孩,她是船上年龄最小的乘客。大家常常看到她在甲板上到处跑,两个小辫子在那一跳一跳的,让船上的人都很羡慕。她这会正紧紧地抓着自己的父母。

大家都紧张地看着第一批人挣扎着爬下摇摇晃晃的绳

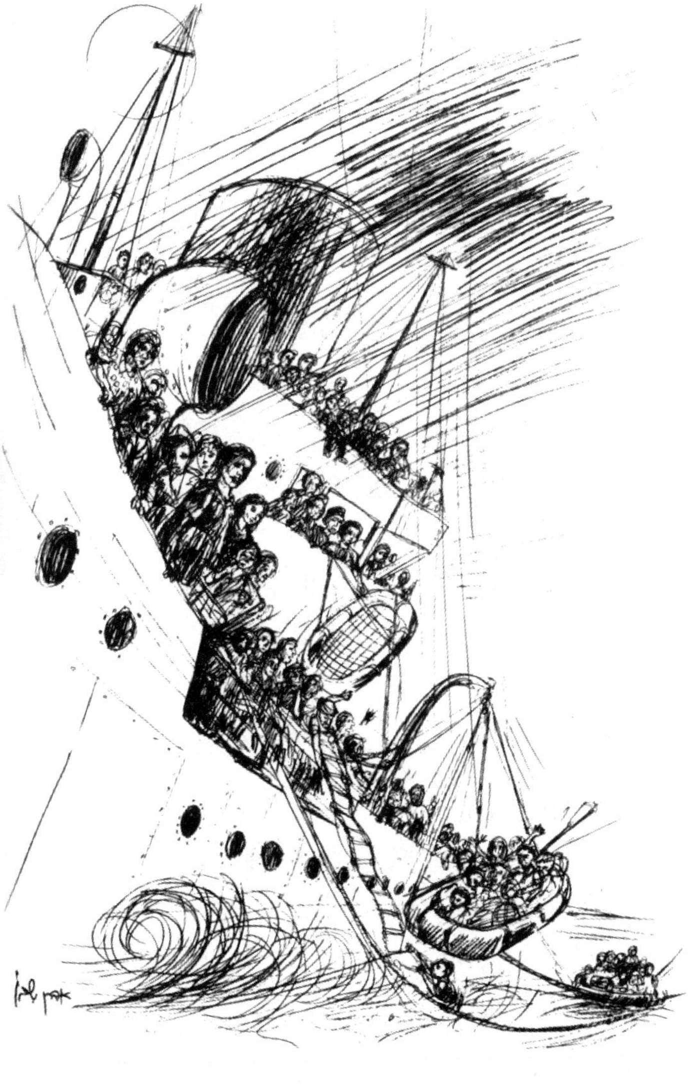

梯，爬到了橡皮艇里。橡皮艇不断地撞在船身上，发出"砰砰"的声音。人好像一直走不完似的，天色却越来越亮了。狂风拍打出滔天的海浪，清晰可见。突然，尤尔克和特蕾莎看到了一件不可思议的事情：罗伯特的"博尔萨利诺帽子"从梯子的底端飞了起来，落在一艘来回摇摆的船上。奇怪，他是怎么说服别人，混进第一批离船的队伍中的呢？

终于，橡皮艇开始朝岸边挺进。船上的人一边拉着缆绳，一边推着橡皮艇。海浪很大，所以他们走得又缓慢，又辛苦。这时，甲板上有人听到了像蚊子一样的"嗡嗡"叫声，他们很快发现那是一艘小型飞机。

"是英国人！"有人喊道。

天啊，要是有一根魔棒一下子把船上所有的人都变不见，一下子都隐身到船舱里去，该有多好啊。飞机在小船上方盘旋着。

"我们被发现了！"有人绝望而又痛苦地呻吟道。

毕竟，他们已经来到了岸边，离陆地那么近了。要是现在被抓的话，那感觉远比当时在无边无际的大海上的时候还要糟糕。尤尔克和特蕾莎的心沉了下去。就在那时，传来了非常巨大的"咯吱"声，他们一下子失去了平衡，纷纷跌倒在别人身上。

"他们把锚砍断了,"站在他们边上的一个年轻人说,"他们想在英国士兵到达之前,让海浪把我们都卷走。"

一阵风吹来,船开始向岸边倾斜。船上的人们大声尖叫着,用尽全力抓住栏杆。船继续向前开着,发出"嘎嘎"的摩擦声,然后停了下来,又朝一边使劲地倒了下去。海浪离他们非常近了。浪又高又急,奔向岸边,海浪拍岸,发出震耳欲聋的轰鸣声。

"这下橡皮艇再也不会来接我们了。"有人说。

"我们的船已经搁浅了!"

"尤尔克,"特蕾莎问他,"现在怎么办?"

"保持冷静,"他说,"巴勒斯坦人知道他们在干什么。"

特蕾莎相信他。"他们"真的无处不在:在岸上,在海里,在船上,他们与难民们混在一起,你根本就认不出他们来。这些神秘的、伟大的、令人振奋、让人充满信心的人们,也遍布在缆绳周围,他们一会儿消失在喷着泡沫的海浪下,一会儿又迅速浮出水面,像一只只有生命的救生圈。

突然传来一个新命令:"所有人都下到水里去!抓住缆绳,朝岸边游过去。"

甲板上一片混乱。"我们会被淹死的!"大家歇斯底里地喊着,"我们的东西怎么办?"

"缆绳旁边都有我们的人,"有人安慰说,"你们都不会

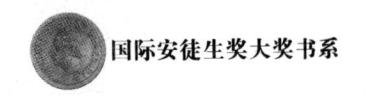

有事的。"

年轻人开始往海里跳。年纪大一点的人很无助地站在那里,拿着行李,不知道该怎么办。

"把东西都扔下去!"巴勒斯坦人高声喊道,"都扔下去,下面会有人打捞的。"

船上的人还是不愿意把他们的包裹和箱子都扔到水里。有人不顾他们的阻拦,把他们的行李抢过来,扔下船去。"别再死抓着你那破烂货!"有人愤怒地喊道。甲板上的人看不清楚,那些浮在海面上的行李是否真的有人帮助打捞。"我的东西——"有人尖声叫道,喊声一下子就被海浪的拍打声和狂风的呼啸声给淹没了,"我的东西!都漂走了!"

丽芙卡是他们那帮人中第一个跳下去的,贝拉两姐妹跟着也跳了下去,她们催尤尔克和特蕾莎也一起跳。尤尔克犹豫了——他知道特蕾莎不会游泳。他们边上,一对年老的夫妻在争吵。那个女人不同意把行李丢下去,男人在好声好气地劝她。旁边,那个十岁小女孩的父母也在争论。

"打仗那会儿我都没死,我可不想到巴勒斯坦来看我女儿被活活淹死!"那个女人号啕大哭起来。

"她不会被淹死的,苏拉,她不会!整条缆绳旁边都有我们的人呢。"

就在他们恐惧得大声尖叫时,小女孩挣脱了他们,跳进

了水中。两人带着行李,也紧跟着跳入水中。很快有人从他们手中接过了行李,递给后一个人。

"快点,特蕾莎。"尤尔克说着,扔掉了毛毯。

直到特蕾莎放开手时,尤尔克才意识到,她原来一直紧紧地抓着他。尤尔克先跳下去了。除了海浪的击打,更让人忍受不了的是冰冷刺骨的海水带来的冲击,海水一下浸透了他的衣服,他全身都麻木了。有人抓住了他的胳膊,把他拽到了缆绳上,这样他就能一边拉着缆绳一边找特蕾莎了。虽然他想等特蕾莎,但他身后一排人把他向前推去了。有个男的一放开绳索就被冲走了,差点没被救起来。

有个巴勒斯坦人把刚刚跳入水中的那个小女孩高高地举了起来,然后把她背在背上朝岸边走去,小女孩死命地抓着他,几乎令他窒息。尤尔克看着他们,牙齿不停地在打颤。女孩用手紧紧地抓着他的眼睛和喉咙,那个巴勒斯坦人只好使劲把她的手掰开。

"海岸还有多远?"透过海浪和狂风的喧嚣,有人在大声喊叫。

"就剩一百米了。"有人答道。

尤尔克脚下的地面突然消失了,他随着缆绳一起沉了下去。很快,有人把他捞了上来,他不断地咳嗽,把海水吐出来。他的脚又重新碰到地面了。他学会了海浪涌过来时要屏

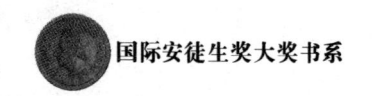

住呼吸,海浪过去了再呼吸,并向前移动。为了宝贵的生命,他一定要坚持住。他一直轻声地呼唤着特蕾莎的名字。

太阳从海岸边升起来,把海平面分成了两部分:一边是亮灿灿的沙滩,另一边是有点黑黝黝的、离海边有点远的树林。有人告诉他,要跑进那片树林里去,越快越好。

"车已经在那等了。快跑!快跑!英国人要来了!"

尤尔克站在那儿发抖。特蕾莎在哪?自己无论如何都要等她。如果她被抓了,他自己得救了又有什么意义呢。越来越多的人从海里来到岸上,有些人背着包,拿着滴着水的箱子,有些人什么也没拿。那些没拿行李的人一上岸,就跑到沙滩上堆行李的地方。没有找到的行李的人就沿着海滩边跑边找,海浪把一些杂七杂八的东西冲到了海滩上。尤尔克也跟着在海滩上跑,他的全身都在抽搐。他想,特蕾莎肯定被淹死了。他看着每一件漂上来的东西都以为是她的尸体。

"特蕾莎!"他大喊起来。

"快跑到车里去!"有个声音对着他喊道,"她可能已经在那了。"

此时,海滩已经被阳光照得通亮。船撞在暗礁上,那几个人离得那么近,不再像黑暗中若隐若现的精灵那么细小,他们正沿着缆绳在海浪中奋力向前。

"英国人来了!快往前跑!"有人用意第绪语喊道。

尤尔克开始跑起来，肌肉重新恢复了力量。有几辆车停在一个橘子园附近，尤尔克沿着车一辆一辆地跑过去，一边寻找特蕾莎。但是要看清车里的人是不可能的，也没有时间让他这么做，他只好放弃，打算随后再去找她。他爬上一辆车，坐了下来，车上的人都像他一样，浑身都湿透了。

他旁边坐着一个穿着蓝色工作服的巴勒斯坦人。他们沿着树林中的一条小路行驶，穿过一座横在水渠上的木栈桥，开到了大路上。很快，他们来到了英国人设的哨卡边。尤尔克的心紧张得"怦怦"直跳，好在哨卡无人把守，他们把车开过去了。他们车子的一侧是一排排的军用帐篷，另一侧则是一些军营。

"这是什么地方？"尤尔克问。

"英国人的一个军营。"坐在他边上的那个人说。

"我们为什么要走这条路啊？"尤尔克问，能用希伯来语说话，他感到很自豪。

"这条路最快，"他旁边的那个人回答，"每天早上都有车从这里经过，我们希望能在英国人到来之前穿过这里。"

但是太迟了。尤尔克的这辆车在下一个哨卡第一个被截了下来，掉转了方向。他不知道该在心里期盼哪一个：是希望特蕾莎已在他前面安全地通过了哨卡呢，还是希望她坐在他后面的车里，也被拦了下来？

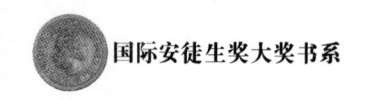

英国人把他们赶下车，集合在军营中间的一个练兵场上，旗杆上挂着一面英国国旗。越来越多的车开了过来，他们把车上的人都赶了下来。练兵场上一片嘈杂，有人生起了篝火，他们中间的巴勒斯坦人开始和那些移民交换衣服。有人递给尤尔克一件干净的衬衫，他犹豫着没接。尽管有人跟他说，交换衣服的目的是不想让英国人看出来哪些人是新来的，可是，拿自己又脏又湿的衬衫跟别人换件干干净净的，他觉得不太公平。他还在进行思想斗争呢，有人在他眼皮底下把那件新衬衫给抢走了。

尤尔克在一堆堆的篝火边走过来又走过去，绝望地寻找着特蕾莎，但是在哪都没能找到她。他很高兴居然碰到了丽芙卡，但这份高兴劲一下就过去了，因为丽芙卡开玩笑地问了他："特蕾莎在哪？千万别告诉我她已经被淹死了！"尤尔克的脸色一片苍白。

丽芙卡赶快安慰他说："没有人淹死，特蕾莎肯定坐在前面几辆车里，顺利地通过哨卡了。"

一大群年轻的移民围坐在一群巴勒斯坦人周围，那些巴勒斯坦人坐在练兵场中央，正在下达命令。第一个命令是，巴勒斯坦人得把他们的身份证件给烧了。他们把证件扔进篝火堆里，跟那些年轻的移民们一起，围着篝火跳起了舞，一是可以取暖，二是为了让大家打起精神，振作起来。

尤尔克也加入了跳舞的圈子，他跳舞一直跳得很好。在这旋转的巴勒斯坦圆舞里，尤尔克觉得，尽管他们来自不同的地方，说着不同的语言，但似乎有一股电流通过他们的身体，将他和其他人紧紧地联系在一起。他们已经合为一体了，尤尔克很骄傲自己能成为其中的一部分。他的两个手臂搭在身旁两个人的肩膀上。他无从知道那些英国士兵是怎么看这些浑身湿答答、又筋疲力尽的难民的——在他们想来，这些难民本该萎靡不振、沮丧万分，在绝望中等待命运的宣判的啊。想到这一点，他就唱得跳得更加起劲了。

"我——们——是——谁？"领舞的人跟着节奏喊道。

"以——色——列——人！"他们齐声回答道。

这样的场面好像要一直持续下去，尤尔克的心热情洋溢。那些冷漠的英国士兵能理解他们所看到的这一切吗？他们能理解基布兹人吗？这些基布兹人居然愿意冒着被放逐的危险，也不愿那些跟他们素未谋面的非法移民们受到迫害？不管英国人理解也好，不理解也好，这重要吗？

后来，所有的人排成队接受检查。英国兵用两根金属管充当栏杆，让他们站成一排，一个个走到一个英国军官面前。那个军官试图把移民与巴勒斯坦人区分开来，他仔细地检查了他们衬衫领子的内衬。有两类依据：一是，看谁的衬衫是被海水打湿了；二是，看看衣服上是否有基布兹的洗

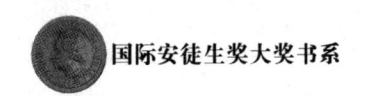

衣记号。但这两种做法都没什么用,他们早就把衬衫换了,而且只要有人问他们,他们只给一种回答:"我是犹太人,住在以色列。"

过了一会儿,筛选工作停了下来。他们或坐或躺,在练兵场上待命。尤尔克和丽芙卡,还有姐妹俩待在一起。慢慢地,从山庄来的其他人也都加入到他们当中来了。他们的衣服都已经干了,但这会儿已是正午,他们都觉得很饿。

"他们想要活活饿死我们。"有人说。

"他们怎么这么残忍?"丽芙卡说,"我们从战争中幸存下来,一路都毫发无伤,我们的命运不应该差到如此的地步!"

终于,来了几个英国便衣警察,筛选工作又继续进行。几百人排成了队,不过情况还是一样,谁也说不上来哪个是哪个,谁是谁,尤其是这么长时间不吃不喝后,基布兹人也和那些难民一样,看上去脸色苍白,浑身无力。

"我是犹太人,住在以色列。"每次有人问他,尤尔克都这样说。

时间一小时一小时地过去了。

"他们就想把我们分开。"有人说。

下午,有人给他们送来了奶茶和饼干,就是他们在船上吃过的那种。虽然这会儿尤尔克心里已经很确定,罗伯特和

特蕾莎肯定通过哨卡了,但他还是会不时地站起来,不安地到处找寻他们。有一次,他正找寻他们的时候,看到了那个在车上坐在他身边的基布兹人。他正在跟一个面无血色的年轻人交谈。尤尔克走过去,问他是住在哪个基布兹。

"世博列。"那个人回答。

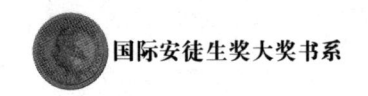

第十二章 会　　面

尽管梅兰妮睡前就被告知房间里没有暖气，因为"这里不冷"，但她还是在半夜里被冻醒了。太佩服这里的人了，居然可以这样生活，梅兰妮想着，起身找到两条薄毛毯盖上，又穿上袜子，继续回去睡觉了。一直到汉娜来门口喊她，才把她吵醒。

"汉娜吗，怎么了？"她突然意识到自己这会儿是在哪儿，兴奋地从床上坐了起来，"他们上岸了吗？"

"是的。有人领着他们，正在来世博列的路上。快到餐厅来。"

"就来。"

梅兰妮迅速穿好衣服，想了想，还是把帽子和手提袋留在了房间。过了会儿，又把手提袋塞在了床垫下，她觉得这样可能更好。跑向餐厅的时候，她心想：这里的人怎么连门都不锁？

那些非法移民虽然浑身湿透,而且极度疲惫,但精神很好。他们带着渴望的眼神这边看看、那边看看,对周围的一切都感兴趣。许多难民拿着湿漉漉的包裹和背包。汉娜和其他几个基布兹人在为他们倒茶、拿"蛋糕"。梅兰妮仔仔细细地一个一个地看过他们的脸。照片上的那个男孩不在这儿,也没有其他人认识他。

"所有的人都在这儿了吗?"她失望地问道。

"远远不止呢,"汉娜说,"这只是前面两车的人,还有几百个移民要来。据说那艘船上共有八百多个人呢,船一搁浅,我们的人就赶紧把他们弄到岸上去了,但还是被英国人发现了。"

来了一个摄影师,他把他那个沉沉的照相机放在一个三脚架上,上面盖了一个黑色斗篷,开始为新来的人照相,做假身份证用。

梅兰妮提出想帮忙,汉娜就分配给她一项工作。梅尔去了食堂,也分到了一项工作。

这时,另一车移民到了。梅兰妮又来找她侄子。她看到一个很特别的男孩,戴着一个运动帽,拿着一个干干的箱子,背着双肩包,还有一个用毛毯包着的乐器。跟他一起的是一个浑身湿透的女孩,男孩很尽心地在照顾她。女孩换湿衣服的时候,男孩用一块毛毯帮她挡着。然后,女孩裹着毛毯,用颤抖的双手紧紧地捧住一杯冒着热气的奶茶。他们说波兰语,梅兰妮问他们,是否认识朱利安·戈登伯格。那个女孩突然怔了一下,把茶泼到了桌子上。

"你认识他?"

"朱利安·戈登伯格是我们的一个好朋友,"男孩说,"他很快就会到了。不管怎样,希望如此。您为什么会问到他?他从来没提起过,他在这个国家有认识的人。"

"我住在伦敦,"梅兰妮解释道,"等一下,我马上回来。"

她朝汉娜和扬科勒的房间跑去,手里拿着尤尔克的那张照片,上气不接下气地回来了。他们俩一下就认出他了。

"尤尔克有次告诉我,他在伦敦有个姑姑,"女孩儿说,"就是您吗?"

"是的,就是我。我叫梅兰妮。"

"他说他姑姑叫莫尔卡。"女孩尴尬地说。

"没错,亲爱的。我的名字也叫莫尔卡。你叫什么名字?"

"特蕾莎。我是尤尔克的朋友。我很担心……"

特蕾莎拿起那个空杯子使劲地想喝水。

"你瞧,他马上就到这儿了,"男孩说,"你把茶都泼出来了。"

特蕾莎呆呆地把杯子递给他,他往里面倒满了茶。

"你是尤尔克的女朋友吗?"梅兰妮问。

"是的。"特蕾莎说,被冻得牙齿直打战。

梅兰妮忍不住摸了摸女孩湿答答的头发。

"我叫罗伯特,"男孩说,"很高兴见到你。我和尤尔克是在集中营里认识的。"

梅兰妮与他握了握手。

"您怎么知道尤尔克就在这艘船上呢?"

梅兰妮一边告诉他们,她是如何沿途一步一步追寻侄子的行踪,但总是阴差阳错慢了一步,一边忙不迭地递给特蕾莎涂好果酱的面包。特蕾莎吃了两片就不吃了,但罗伯特胃口却很好。轮到他们拍照了。一个小时后,他们拿到了证件,上面写着"巴勒斯坦政府"几个字。有人让特蕾莎给自己挑一个希伯来文的名字,她拒绝了。

"至少得选一个希伯来文的姓,"施洛莫劝道,当时要梅兰妮护照的就是这个基布兹人,"你就要开始全新的生活了。过去的都过去了。"

"我就要我以前的名字。"特蕾莎反对。

"特泰莎怎么样?"施洛莫建议。

"特泰莎?"特蕾莎虽然不太情愿,但还是答应了。至少这个名字听起来像她的波兰名字。

"你的住处我应该怎么写?"

"我提个建议,就写这儿,世博列吧。"梅兰妮说。施洛莫

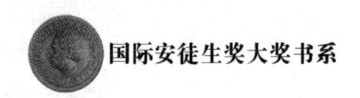

接受了她的建议。

罗伯特有两个名字可以选择:拉米和瑞鲁文。他选了后一个名字。但他拒绝改姓。

"住处?"

"特拉维夫。"

"那是什么意思?"施洛莫感到有点奇怪。

"特拉维夫。你知道的,就是那座城市。"罗伯特说。

"我们不能给你特拉维夫的证件。你一定得属于这儿的某个基布兹。还有,你如果要选择特拉维夫的话,你还得有街道名和门牌号码。"

"好吧,"罗伯特只好接受,"那就帮我写上世博列吧。"

"你的意思是你准备住在这儿?"

"不。"

施洛莫犹豫了。

起先梅兰妮也没弄明白是怎么回事,听了解释后,她支持罗伯特的意见。梅兰妮想,尽管她帮过施洛莫的忙,但作为回报,她这样做也许给施洛莫提了太多的要求了,但最后,施洛莫还是同意了。罗伯特告诉梅兰妮,他在特拉维夫有朋友,还有各种计划。事实上,罗伯特在得知梅兰妮是坐出租车来基布兹的后,就问她,回去时能否让他搭个车。

"可我要去的是耶路撒冷啊。"她说。

"没关系，"罗伯特说，"我可以从那儿去特拉维夫。这个地方给我的感觉是，你来到这里就哪儿都去不了。"

"我很高兴能带上你，"梅兰妮说，"我会帮你在我住的酒店安排好住宿。"

不久，有消息传来说，英国人已经围捕了其他的移民。特蕾莎更加担心尤尔克了，汉娜也开始为她丈夫担心。她又要去鸡舍那边干活去了，梅兰妮要去帮她，但想先陪特蕾莎去她的新住处。罗伯特看着出租车，那是他通向未来的一张门票，梅兰妮就和特蕾莎跟着一个基布兹人来到了有一排白色帐篷的地方。像个久住此地的基布兹人一样，梅兰妮马上找到了水龙头和接水的桶，并告诉特蕾莎该怎么用。所谓的"盥洗室"也让她自己感到很惊讶：这是一个很简陋的窝棚，有两个狭小的单间，顶上盖着铁皮，地上是长方形水泥地面，地面中间挖了一个坑。跟她一样，特蕾莎觉得有点不好意思，于是进了厕所后就把门锁上了，她出来时轻松地说了句："还好不用您帮我冲厕所。"

"尤尔克有什么计划？"特蕾莎在把一些湿衣物晾到帐篷前面的绳子上时，梅兰妮这样问她。

"他想住在基布兹。他相信这是他的生活方式。住在意大利山庄的时候，他常常和其他人争论这点。"

"那你呢?"

"我想跟您谈一下,福克纳夫人。"

"特蕾莎,你可以叫我梅兰妮。"

跟特蕾莎同住一个帐篷的人进来了,开始摆放她们的东西。梅兰妮建议去散散步。她们走在路上,谁也没先说话。梅兰妮耐心地等待着。

"您是基督徒吗?"终于,特蕾莎用满是忧虑的口吻问道。

"我从未受过洗礼,如果你指的是这个的话。看来尤尔克了解到的情况比我想象的多。在我的印象里,家里所有的孩子知道的情况都是:我去了伦敦,死在那儿了。"

"尤尔克说,他父亲在集中营快要咽气之前,把一切都告诉了他。"

"这么说,阿图尔死了……"梅兰妮若有所思地说,"你问我是不是基督徒。嗯,我的朋友差不多都是新教徒,我遵守跟他们一样的习俗。但在犹太人的安息日[①],我也会点上蜡烛,跟我丈夫去朋友家一起吃逾越节[②]的晚餐。我丈夫甚至会戴上无沿便帽,他为自己这么做感到自豪。"

[①]《圣经》中上帝的教诲:"你们要守安息日,把它看作神圣的一天。六天之内,你们要工作谋生,但到了第七天,你们就什么也不可做,唯独要向上帝守安息日……"

[②]逾越节又称无酵节,是犹太历正月十四日白昼及其前夜,是犹太人的新年。现代犹太人为庆祝逾越节,会准备丰盛的晚餐,称为 seder,犹太人会点燃烛光、祝祷、吃无酵饼、喝四杯酒、唱赞美诗、祝福等,以纪念耶稣受难、安息与复活。

"请原谅我这么问……您有孩子吗？"

"很遗憾，没有。也许……"梅兰妮笑了笑，想起了这些天自己的思想转变。

"如果您有孩子的话，他们该怎么办？"

"我不知道。"

两人都没说话。但特蕾莎内心的挣扎清楚地显现在她脸上。她想努力地克制自己，最后还是没忍住。"打仗的时候，他们把我藏在一个女修道院里。因为我很喜欢修道院的大嬷嬷，所以也成了一个天主教徒。我还发过誓，如果我能活下来，就做一个修女——那是在我发现全家人都被杀了之后所做的决定。现在我不知道该怎么做了。"

梅兰妮仔细地听着。这是她在短短的二十四小时之内见到的第二个犹太大屠杀幸存者。她突然意识到，在被英国人扣押的几百个非法移民中，每一个人都有一个相似的故事——包括尤尔克。对于希特勒统治的那些日子，也就是她常常跟丈夫和伦敦的官员们谈论的那些岁月，平生第一次，让她感觉到，多么惨痛，多么真实，多么让人难以接受啊。她突然觉得很高兴，因为自己把护照留给了犹太地下组织。

"你跟别人说过这些事吗？"她问特蕾莎。

"我只跟尤尔克说过。"特蕾莎说。

"他怎么说？"

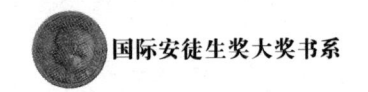

"他说别去想这件事,让它过去吧,就像什么事都没发生过一样。"

"这个想法不错。真遗憾,他不再是一个小孩子了。"

特蕾莎没听懂她的意思。

"如果他还是个小孩子的话,我就会把他带到伦敦去,"梅兰妮说,"就算年龄再大一点,我也会这么做。我十七岁的时候就……跟我多讲讲你的事吧,特蕾莎。"

特蕾莎的脸上露出喜色。她告诉梅兰妮,她是怎么跟尤尔克相遇的;她又是怎样一步步醒悟:自己不可能在巴勒斯坦做一个修女;还有,那些修女为了一车食物和一些现钞,如何把她给卖了,她又如何越想越生气。不管她自己如何努力地为这件事辩护,一触及要害,她就感到很受伤害,这感觉,就像自己再一次失去了家人一样。

梅兰妮只能努力地以自己的经历去理解这个敏感、漂亮的女孩此刻的感受。她和特蕾莎坐在金合欢树下的一把椅子上,对面是食堂门前的草坪。从童年时期居住的那个波兰小镇开始,她也向特蕾莎讲了她自己的故事。她还告诉特蕾莎,她是怎么跟詹姆斯相遇并爱上他的,还有那个谜一样的雨夜,在伞下,詹姆斯又是如何转过头来,用手指轻轻地抬起她的下巴,第一次吻了她。

"您的意思是,您也是……"

"也是,也不是。"梅兰妮大笑了起来,"我那时已经三十岁了,还有一些结了婚的朋友。我读过许多这方面的书,但一开始我还是害怕。小时候学到的一些东西,你一辈子都抹不去。"

她沉默了一会儿,用手臂搂着特蕾莎。特蕾莎紧贴着坐在她身旁,就像一个孩子黏着妈妈一样,她紧紧地依偎在梅兰妮的怀里。梅兰妮想,这一切是多么自然啊。尽管她很快就要离开这儿、回到伦敦,但她的心会一直和这些突然找回来的孩子很近很近。

她们在那坐了好一会儿。特蕾莎告诉她,尤尔克去过波兰,他把老房子卖给了那些住在他家的陌生人。

"我就知道他们在说谎!"梅兰妮生气地说。

汉娜干完活回来了,她和梅兰妮一块儿去吃午饭。吃午饭的时候,另外有两小拨人也到了食堂。第二拨人是被英国人扣押后释放回来的,据说,英国人现在竭尽所能想辨认出,到底谁是移民。

"扬科勒呢?"汉娜问其中一个释放回来的人。

"呃,我们中得有人回来挤牛奶。于是,我们抛硬币,扬科勒留在那儿,帮忙做一些组织工作。"

"他不会被流放到塞浦路斯去吧?"

"他们不会留他很久的,他太老啦!"那个男的笑着说。

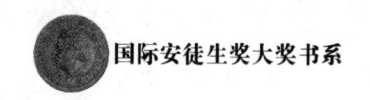

"可我说不定哪天就生了呢！"那个人离开后汉娜大声说,"我想要扬科勒在身边。"

"那他为什么不回来挤牛奶呢？"梅兰妮问。

"因为那个男人的妻子也怀孕了。"汉娜叹了口气说。

她们再没说一句话。吃完了饭,汉娜得继续回去工作了。她现在这种状况让她走起路来像一只鸭子,这让梅兰妮有点为她感到难受。她回到总办事处,想要打个电话到耶路撒冷。那个负责人尽了一切努力,耐心地摇着那台过时的电话机手柄,想拨通接线员。终于,梅兰妮接通了斯考特上校的办公室,但是他的秘书说,不知道他什么时候会来办公室。梅兰妮返回到食堂去和施洛莫商量。施洛莫认为,尽管梅兰妮有英国护照,那些英国人也不会允许她到军营里去看那些移民。但他又说,去试一下没什么损失,就把护照还给了她。梅兰妮保证当天就把护照交给他。

梅兰妮坐上出租车来到哨卡,把护照给了守卫,守卫看了后便让她进去了。她让梅尔在门口停车,她又把护照给门口的哨兵看了,有一个士兵把她领到了一个军官面前。尽管那个军官看到门口站着一个英国女人,十分吃惊,但他还是不允许梅兰妮去看那些被扣押的人。他很礼貌,但态度坚决,无论梅兰妮说什么,他就是不改变主意。最后,这个长官居然改变了梅兰妮的想法,他问道:"你打算把你侄子带到

伦敦去吗？"

"不，"梅兰妮说，"我想他待在巴勒斯坦。这是他想要的，也是他所追求的。"

"如果是那样的话，福克纳夫人，"那个长官咧着嘴笑道，"我建议你让事情顺其自然。因为如果你现在认出你侄子了，那我就不得不驱逐他了。一旦他不再由我们控制，我肯定，你丈夫和斯考特上校肯定会为他动用他们的势力。"

"但是我想看看他，我只想看他一眼！"

"我向你保证，他肯定不是照片上那个样子。他们现在都很脏，蓬头垢面、邋里邋遢，又穿得古里古怪的。所以我们也很难认出来谁是谁。这就像吉卜林最有名的那个故事里发生的一样。不过我想，你不一定听说过这个人。"

尽管带有明显的波兰口音，梅兰妮告诉他，她知道吉卜林是谁。那个军官对此感到十分震惊，当场就改变了主意，并陪她去了练兵场附近的一间小屋。练兵场上零零散散地有几百人，有人坐着，有人靠着行李袋躺着，四周是铁丝网和哨兵。有一些篝火在烧着，到处有人在烘他们的湿衣服和行李。梅兰妮想把小屋的窗户打开，但是卡住了，那个军官帮了她。她不知道自己在干什么，就把头伸到窗户外，用尽全力大声喊道："尤尔克！尤尔克！尤尔克！"

练兵场上的大多数人因为离得太远，根本听不见她的

175

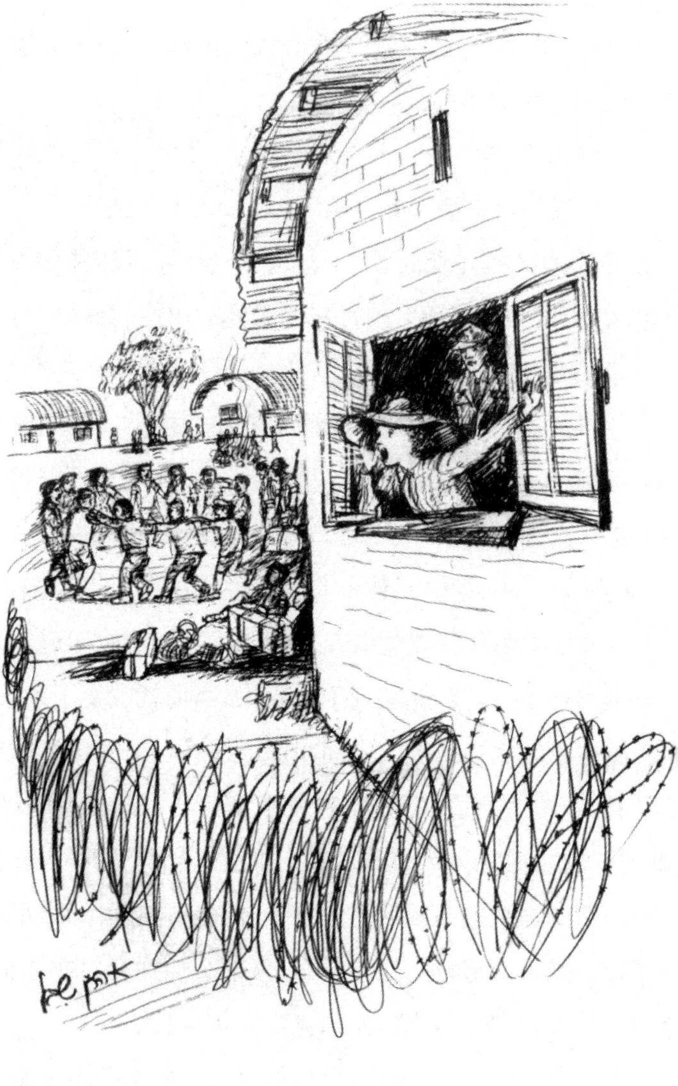

喊声,但那些在附近的人都抬起头来看着她。那个军官轻轻地去抓她的胳膊,感觉她不想把头伸回来,只好松手了。

"我在找尤尔克·戈登伯格!"梅兰妮继续用意第绪语叫道,"我是他姑姑莫尔卡。有叫这个名字的吗?"

现在连那些哨兵都在朝她看了。那个军官把她拽了回来,请她离开窗户那儿,然后就把窗户锁上了。梅兰妮向他道了歉。她说,她真没想过要像刚才那样喊的,但一时冲动就喊了出来。"我真的希望没有给你在部队指挥官那儿添什么麻烦。"那个军官把她送到出租车那儿时,梅兰妮这样跟他说。

"我就是这个部队的指挥官,夫人,"他答道,接受了梅兰妮的道歉,"您要知道,今天早上,我们失去了两名士兵。他们在逮捕一些想要登陆的移民时被淹死了。但是,我向您保证,扣押的人一个都没有受伤。"

"但是有人说,你们的人开枪了。"梅兰妮说。

"确实如此。那些移民想要逃走,他们受命朝地面开了枪,想把他们赶回去。我必须得告诉您,尽管我不得不执行政府的政策,但我对这些人怀着最崇高的敬意。我钦佩他们,也钦佩他们强大的意志力。不管是基布兹人还是那些移民,我都一样钦佩。"

他们握手道别。"那些移民会在这儿待很久吗?"梅兰

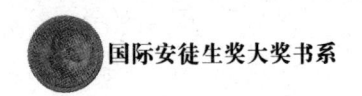

妮问。

"我还没收到任何命令,"军官说,"但即使我收到了什么命令,我也不能跟你多说什么。"

梅兰妮回到了基布兹。她到鸡舍跟汉娜道别。汉娜向她保证,一定会好好照顾特蕾莎。

然后梅兰妮到帐篷里找到了特蕾莎。"我要去耶路撒冷了,"她跟特蕾莎说,"我在那儿有一个朋友,一个英国陆军上校,他能帮助我们找到尤尔克。"

"那他也会放了尤尔克吗?"

"我希望会。我保证,我会尽全力的,特蕾莎。"

特蕾莎伸开双手抱住了她,亲热地跟她亲了又亲。

司机梅尔已经在出租车上等着了,罗伯特则坐在车后座上。梅兰妮让他坐到前座,自己坐在了后座上。这时她才感觉到自己非常累了。

第十三章 往 回 走

夜幕降临，英国士兵给移民们拿来了一些罐头食品和淡咖啡，他们坐下吃了起来。不一会儿，他们听到有许多车子开来的轰隆声，路上有长长的一排车，尤尔克数了数，一共是二十五辆带帆布顶棚的大卡车，每辆卡车上站着两个士兵，一个拿着冲锋枪站在后挡板旁边，一个拿着布伦轻机枪，机枪架在卡车的车头顶上。

大家拿着行李爬上了车。那些士兵把防护帆布绑紧后，他们就出发了。一个小时过去了，两个小时过去了，他们还在路上。一个巴勒斯坦人设法弄松了车尾的帆布，朝外面看了看，告诉大家说他们在向东行驶。

"是去外约旦吗？"有人问。

"我觉得他们是为了防止我们闹事，故意绕开犹太区在走远路，最后我们有可能会去海法港，再从那把我们驱逐到塞浦路斯。你们那船干得最漂亮，像你们这样成功突破防线

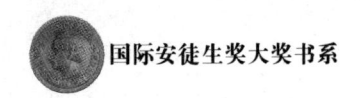

的船并不多。"

尤尔克走到卡车后面,看着车外的景色。月光照在路两旁的树上,也照在路旁那光秃秃的小山上,时不时地可看到有灯光。这会儿,尤尔克才完完全全地意识到,自己已经真真切切地回到以色列了。他们可以驱逐他,但他这是在自己的家乡了,这是谁也无法抹杀的。

"拜特—纳巴拉①。"一个巴勒斯坦人指着路边的房子说道。

刚才说要把他们运到海法去的那个人又说:"他们要带我们从拉特伦去杰宁,再从那去法拉第和海法。这是最有可能走的路线了。"

尤尔克坐在姐妹俩和丽芙卡中间打盹,他把头枕在了一个人的腿上睡着了。他梦到了特蕾莎。海浪汹涌,她在小船和海岸之间拼命挣扎。尤尔克要跳下去救她,但丽芙卡死死地抓住了他,不让他去。他开始大叫起来,惊醒后发现有人在摇他。一开始,他还以为自己是在船上,后来听到卡车的轰鸣声,才想起自己在哪儿。之后,他又昏昏沉沉睡着了。

卡车猛的一晃,停了下来。尤尔克被惊醒了。这时天渐渐亮了。

---

① 英属巴勒斯坦托管地拉姆拉区的阿拉伯村庄名。

"几点了？"尤尔克问。

有人告诉他已经四点多了。"是凌晨。你可是舒服地打了个盹？"那个人说。

"是啊，我们到哪儿了？"

传来一个熟悉的声音："到港口了。"

"什么港口？"

"海法。"丽芙卡说。刚刚尤尔克就是枕在她的腿上睡着了。

尤尔克坐了起来，完全清醒过来了。

士兵掀开了帆布顶棚，吹进来一阵凉爽的微风。尤尔克舔了舔嘴唇，尝到了海边空气中咸咸的味道。这时，从喇叭里传来了一个命令："下车，所有人都下车！"

命令一共说了两遍，第一遍用英语，第二遍用带着英语口音的希伯来语。大家听到命令后都发出了嘘声，没有人下车。这时，一个熟悉的声音喊了起来："大家都待在车里，采取消极抵抗！消极抵抗！所有的年轻人，这是下达给你们的一个命令！"

尽管大家都听到命令了，但还是忍不住把"消极抵抗"这几个字一个接一个地传了下去。

大家都躺倒在卡车的地板上，紧紧抓住一切能抓住的东西，不管抓的是别人还是别的什么东西。英国兵将他们一个一个拖起来,从车上猛推下来。谁要是反抗,谁的背部就免不了要挨枪刺。尤尔克的屁股被狠狠地戳了一下,他跳了下来,跳到了铁轨旁边的一个码头上。这里到处是垃圾,一片泥泞。

其他的车上也传来了呼喊声和尖叫声,士兵们用上了棍棒和枪托,扯着他们的头发将他们拖出卡车。尽管屁股被戳得很痛,尤尔克倒宁愿选择挨枪刺了。外面的景象很奇怪,天空笼罩在一片灰蒙蒙的曙光中,港口灯光暗淡,远处的迦密山①高耸入云。雾霭中,隐隐约约可以见到一群白鹤盘旋在一艘停泊的轮船上方,雾正在迅速散开来。这是一艘大货船,甲板上架着高高的围栏,就像网球场上的球网一样。

"原来这是专门拿来驱逐我们的啊,"尤尔克身后的一个巴勒斯坦人说,"我们该炸了这可恶的东西。"

"这船看上去比我们来时的那艘船大多了。"尤尔克说。

"这是帝国皇家号,"这个巴勒斯坦人说,"载重一万吨。"

卡车停在一排排的铁丝网中间排成了长队。车上的人被赶下来后,有人躺在地上,有人坐着。有很多士兵在他们中间巡逻,有些则在铁丝网边上站岗。尤尔克将头枕在臂弯

---

① 以色列北部的山脉,濒临地中海。其希伯来语的意思是"上帝的葡萄园"。

里，躺在码头上。他觉得很冷，心里又特别感恩，庆幸特蕾莎已在某个安全的地方。

尤尔克既感到安慰又觉得遗憾，安慰的是，这是他深深向往的地方，他来了；遗憾的是，来的时间太短了，他又要从这儿被赶出去了。不过，英国人是赶不走他的，他迟早会回来的——不仅仅是为了特蕾莎。

士兵们把这些被驱逐者编成五、六人一队，逼他们绕过一道道铁丝网，登上了船板。有些人是被抓着手和脚抬上去的，有一些分量比较重，英国兵就沿着肮脏的码头把他们拖上船去。这花了英国兵很长的时间，因为犹太人的数量比他们还多。尤尔克躺在那儿的时候估算了一下人数，他那辆车上大约有四十个人。他原先数过，这样的车大约有二十五辆，这样算来，差不多一共有一千个移民。之前已经有一些移民成功闯过了英国人的哨卡，也就是说，现在在他们中间大约有上百个巴勒斯坦人。一想到这，尤尔克就觉得太吃惊了。那么多的巴勒斯坦人不但心甘情愿地离开自己的家人，无偿地、无限期地为他们提供援助，而且他们心里充满了无限的热情和崇高的责任感。

英国士兵们越来越没有耐心了，他们能抓到移民身体的哪个部位，就直接抓着往船上拖。尤尔克看见他们抓着一个年轻女人的脚往前拖，她的脑袋不断地撞在登船板的横

档上。一些人开始反抗,士兵们就用枪托到处打人,整个场面充满了火药味。有人喊道:

"盖世太保!"

"纳粹!"

"纳粹党卫军!"①

一位年长一些、看起来有点威严的人用英语跟士兵们说了些什么。尽管尤尔克听不懂那些话,但显然他是在训斥他们。一些士兵低头看着地面,而另一些士兵变本加厉,把怒气撒在被驱逐者的身上。

几个士兵试图抬起丽芙卡,她拼命反抗。有个士兵抓着她的头发往前拽,痛得她大声尖叫。贝拉和弗丽达比较瘦,被直接拎上了船。尤尔克也一样,他虽然长得高,但却很瘦。他想,要是看到特蕾莎像丽芙卡这样被拖上船,他会不会表现得像现在这么软弱。他再一次为特蕾莎不在这里感到特别庆幸。有那么一瞬间,他想起丽芙卡受虐的场面,居然觉得很好笑,但转眼,尤尔克就深深地自责了起来。他得找到丽芙卡,在去塞浦路斯的路上陪在她身边,也许他能帮她一点忙。

一个英国便衣警察站在甲板上,想要从中辨认出巴勒

---

①党卫军是纳粹德国最令人恐怖,也是滔天罪恶的直接实行者,战后的纽伦堡法庭宣判党卫军为犯罪组织,使得党卫军这一名称永远为人唾弃。

斯坦人。这谈何容易,除非他有神奇的第六感,除非他们决定,除了船上的这些难民,他们以后再也不把难民驱逐到塞浦路斯去了。即使是这样,他们还得进行推测,到底谁是谁,哪些人会是巴勒斯坦人。很多被驱逐者又回到了码头,有些是因为在和士兵起冲突的时候受了伤,但尤尔克弄不明白,为什么另外有一些人也能留下。他突然看到了一丝希望,可是,他现在得为之前在练兵场拒绝与别人交换衣服付出代价了,因为那个便衣警察看到他脏兮兮的衣领后,挥了挥手,示意他继续上船。

从船上下来了三百个人,其中巴勒斯坦人不到一百个。要将他们区分开来实在是不可能的一件事。有人给了尤尔克一条毯子和一个笨重的金属餐具,让他爬下梯子,进了船舱。隔板上响起了敲打声,看来,旁边也有这么一个隔间,里面也住了人。很快,两边的巴勒斯坦人开始用摩斯密码交流了起来。尤尔克没有看到姐妹俩和丽芙卡。她们要么在隔壁,要么回到岸上了吧。

下午的时候,船开始发动了。螺旋桨转了起来,船开始震动。船员用绞盘将锚"哗啦啦"地拉了上来,他们离开了港口。在巴勒斯坦的这二十四个小时,对尤尔克来说就像是一个遥远的梦。他的眼前闪过了一幅画面:移民们纷纷跳进海里,紧紧地抓着他们手上的行李。巴勒斯坦人可能不会明白,为什么有人会冒着生命危险,紧抓着这些可怜巴巴的包裹和背包——就是他们说的那些"破烂货"不肯放手。也许是因为他们住在基布兹农场,大家都没有私人财产;也可能是因为他们根本就没有想到,对这些新来的人来说,抓住了的行李就好像抓住了自己的性命一样,因为除此以外,他们再没有其他东西可以把他们和自己的过去联系在一起了。

房间的中间有一个出口,直通到底下的那个船舱,但架在中间的梯子已经被拿走了。移民们又累又脏,他们把毯子摊在地上就躺下了。过了一会儿,士兵们把食物放在一个铁桶里吊下来给他们,跟原先一样,还是那些粗劣的食品。

船开到海上后,他们得到允许,可以五人一组或十人一组到船舱上面去上厕所或拿水喝。很快,第一组人回来了,他们说船并没有开往塞浦路斯,而是由两艘驱逐舰护航,沿着海岸向南行驶。没人知道这是怎么回事。船经过特拉维夫时,正好轮到尤尔克到甲板上去。他先去上了厕所,出来后转身望着这座犹太城市:白色的房屋被清真寺①和雅法古城②的教堂塔楼所围绕。身旁的士兵允许他再看一会儿,他转眼看到了两艘驱逐舰,上面有许多阴森森的枪口。

就在这时,引擎关闭了,尤尔克听到船锚下沉的声

---

① 在特拉维夫,特别是在雅法,拥有相当多的穆斯林人口和许多清真寺。
② 雅法是世界上最古老的港口之一,已经有至少4000年的历史。

音。怎么了？他还没弄清是怎么回事，那个士兵就命令他回船舱。

大家什么都做不了，只好等，没人知道发生了什么。当时他们正在分配食物，突然整艘船摇晃起来，感觉突然要倒下来了。尤尔克一下子失去了平衡，他紧紧抓住了隔板，免得掉下去。

"怎么回事？"有人惊恐地叫了一声。

"巴勒斯坦人把船给炸了！"有人高兴地叫道，"这下我们不用被驱逐了！"

一分钟后传来了沉闷的隆隆声。从隔壁船舱传来了消息，是用摩斯密码发来的：深—水—炸—弹。

接下来的两个多小时里，帝国皇家号和它的护送舰面朝特拉维夫市，原地待在那里。显然，这是为了防止巴勒斯坦潜水员进一步摧毁帝国皇家号。接着又有多枚深水炸弹得以引爆。但是，大家内心抱有的期望最终还是破灭了，因为轮船再次出发了。从甲板那得到的消息说，轮船已经离开海岸朝着西北方向行驶。士兵们吊下来几桶热汤。经过了漫长艰苦的一天，这汤喝起来居然特别可口。可不久，行程变得越来越艰难了。尤尔克开始晕船，还没来得及跑到甲板上就吐了。不止他一个人吐了，这次航行很快变成了一场噩梦，唯一令人安慰的是大家知道这很快就会过去。尤尔克躺在一个角落里,船舱里的灯光极暗,灯泡左右晃动着。为了呼吸一下新鲜空气,他借口上厕所,到甲板上去了三次。天上的月亮已经不圆了,时不时地从云层里探出头来,这情景让他特别地想念特蕾莎。他心想还是回到那又黑又闷的船舱中,把自己深深地埋在毯子里吧。

第十四章　斗争精神与新的失望

斯科特上校准备去耶路撒冷的伊甸园酒店见梅兰妮。在从基布兹回来的路上,尽管路途颠簸,梅尔和罗伯特一直在大声争论,而梅兰妮差不多一路都在睡觉。

梅兰妮问他们在争论什么问题,梅尔回答:"犹太复国主义。"

梅兰妮离开了一会儿,去给罗伯特订了个房间。她还给了他一些钱,作为第二天去特拉维夫的费用。罗伯特拒绝了,还坚持要自己支付酒店的房费,但梅兰妮也拒绝了。

"相信我,"梅兰妮说,"我的钱比你的多。我不知道你接下来打算干什么,但你肯定会需要钱。"

罗伯特谢了她,就回房间了。梅兰妮坐下和斯科特上校聊了起来。

"我们必须去海法,"上校说,"我已经在锡安酒店给你订了房间,那里相当不错。我本想订在迦密酒店,但我想你

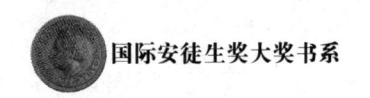

肯定希望住在港口附近。"

"他们已经出发了吗？"

斯科特上校告诉她，伦敦已经下了命令，要将截获的所有非法移民和巴勒斯坦人转运到海法，在那里试图再次将他们区分开来，留下的移民将用帝国皇家号送到塞浦路斯去。最后，巴勒斯坦人肯定会退出这场游戏，主动坦白自己是谁，因为这样他们才能获准回家。此时，有一辆装备了强大武力保护的护卫军，正绕远路去海法呢。车子会在早上到达港口。

"好，我们这就去。"梅兰妮做出了决定，"我去洗把脸，整理下行李，拿几样东西。我叫辆出租车吧？"

"不用，我带你去。这都什么时候了。"

"我侄子他们登上帝国皇家号时，我就可以找到他啦！"

"没这么简单呢。"斯科特上校说。

他跟梅兰妮说，没人知道港口到底会发生什么，也许还会有反抗。那儿的指挥官一开始并不同意让梅兰妮进入码头。

"没办法，我只能把你的实情告诉他，"上校说，"否则他是肯定不会同意的。问题是，我接触的都是些高级军官，他们都得照章办事，否则就会失去晋升的机会。如果能说服哪个尉官就好了，他们倒有可能会放走你侄子，但我一个都不

认识。"

"你们的政策简直就是流氓政策,"梅兰妮气愤地说,"我找不出更合适的词汇了。"

"我同意,但命令就是命令。"

"为什么要这么急匆匆地去海法?"

"他们上船时会进行最后一次筛选,有一些非法移民能成功冒充本地人,被送到基布兹去。指挥官已经同意让您看一看每一辆离港的车辆,如果您发现您侄子在其中的哪一辆车上,他答应他会睁一只眼闭一只眼。如果您没看到,那就可以断定,您侄子肯定是去塞浦路斯了。"

梅兰妮忍不住告诉上校,她已经去南部军营看了一眼那里被扣押的移民了:"他们也根本不可能把他们区分开。"

"我知道,"上校答道,"这相当难,尤其是很多基布兹人,他们自己也是刚来不久,希伯来语说得还并不好,当然了,他们已经烧掉了自己所有的证件。"

梅兰妮给罗伯特写了张便条,整理了一下行李,就和斯科特上校出发去海法了。

早上七点,他们俩就到达了港口大门,这里到处是士兵。大约四小时后,第一批被释放的人开始陆续离开港口。尽管这些移民一个个灰头土脸,脏得一塌糊涂,有些人还受了伤,到处都是淤青。但梅兰妮很确定,自己能立马认出她

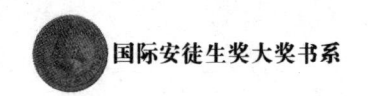

的侄子,可经过大门的这些人当中没有她侄子。

梅兰妮和斯科特上校一直等到帝国皇家号离港。

"现在怎么办?"梅兰妮问。

"这由您定,福克纳夫人。"

"他们到了塞浦路斯后会怎么样?再筛选一次吗?"

上校忍不住笑了起来:"那是肯定的。根据我们的最佳估计,被扣押的人当中至少有三分之一是巴勒斯坦人。最终,他们多数会站出来自己坦白的。问题是,塞浦路斯那边的拘留营不想让任何一个巴勒斯坦人进去,因为他们太能制造麻烦了。"

"可是,如果大部分巴勒斯坦人最终是要坦白的,那为什么不现在坦白呢?"

"为了让尽可能多的非法移民顶替他们留下来。一旦我们释放了这些移民,他们就再不会被驱逐了。"

"能不能安排我去塞浦路斯的筛选现场?"

"我可以试试。"

"我侄子不知道我在这,我想见见他。要是他还不能通过筛选,留在塞浦路斯,我想和他取得联系,必须让我为他做点什么。"

"我还有五天的假期,"上校说,"非常乐意为您效劳。"

"非常抱歉让您以这样的方式度假,要是我早知道……"

"不必见外。我总共就五天假,但能把它们全数奉献给福克纳夫人,我感到无比荣幸。"

梅兰妮又把特蕾莎的事告诉了她丈夫的这位朋友。

"上校,现在不只是我想要见到他。我必须把他从这儿救出去,好让他们俩团聚在一起,你得帮帮我。难道不能让巴勒斯坦的高级官员给尤尔克发一张特别通行证吗?"

"当然可以,但这类签证不算在一般犹太人的配额里。真要这么做的话,这孩子就会引起犹太秘密组织的怀疑,他们会怀疑他是英国的间谍或侦探,那就很危险了。一些比较极端的地下组织会立马让他吃枪子。他们对我们恨得咬牙切齿,想想大卫王酒店爆炸案,您就知道了。"

"是啊,"梅兰妮说,"我不想为他们辩护,但他们确实有充分的理由恨你们。"

"恨你们?你不也是英国人吗,福克纳夫人?"

"我是,但我觉得英国对巴勒斯坦的政策太不上台面了,一时竟忘了自己是英国人了。当然,这都是艾德礼首相和外交部长贝文的错。请原谅我这么说。"

"国王陛下的政府在对待本国的犹太民族和阿拉伯民族上是公平而又公正的。"上校澄清道,像在念演讲稿似的。

梅兰妮挥挥手打断了他的话。

他接着说:"你可以待在塞浦路斯,找找那边犹太事务

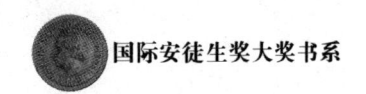

局的代表,他们住在法玛古斯塔①的萨瓦酒店。毫无疑问,他们肯定有办法带你进拘留营,这是作为一名英国军官的我很难做到的。那里一直有暴乱,到处都是暴力行为,我们急于想要阻止更多类似事件发生。"

"你觉得我侄子会在那待多久?"

"这要看拘留营里非法移民的人数。他在得到配额的签证前得待上好几个月。"

"配额是多少?"

"每个月有一千五百名犹太人允许进入巴勒斯坦。"

"有没有机会让他排到队伍前面?"

"不可能,我们和犹太事务局都很小心,避免这么做。我还记得有一回,一个事务局代表帮他亲戚排到了前面,他马上就被撤职了。"

"你一定要帮我把他从那里弄出来。我答应了特蕾莎,我想说到做到。"

"不惜丢了我的乌纱帽吗?"上校打趣道。

"斯科特上校,"梅兰妮的语气中带着坚定不移的决心,"我要是不把他从塞浦路斯带回来,我就不回了。我已经不想再做这些徒劳无益的事了。是时候该有个结果了,我的意

---

①法玛古斯塔始建于公元前3世纪,原是岛国最大的海港城市。位于塞岛东海岸法马古斯塔湾,分新旧二城,新地即瓦罗沙。

思是一定要取得成果,哪怕把他藏在我的箱子里偷运出来也行。反正大家都知道,有钱的英国女士在中东旅游,一般都会带几个大箱子的。"

"福克纳夫人,我绝不会扔下您不管的。只要不掉脑袋、不背叛我的国家,我乐意为您效劳。"他微笑着说,"真高兴看见您这么有斗争精神。"

他们握了握手,就像两个党派的代表,刚刚达成了一项秘密协议。

梅兰妮刚回到酒店就接到了上校的电话。

"怎么啦?"她问。

"塞浦路斯当地的英国当局和这里的政府产生矛盾了,塞浦路斯那边不愿接管任何没有证件的巴勒斯坦人,这边政府也不愿接受任何非法移民。我相信真正的问题不在于有没有证件。塞浦路斯那边这样做,实在是因为巴勒斯坦人在集中营里制造了太多的麻烦。"

"那轮船现在要开到哪里去?"

"在沿着海岸开。"

"当时为什么不停在港口呢?"

"我们担心有暴乱。无论如何,有什么情况我会随时通知您的。"

"谢谢你,斯科特上校!"梅兰妮说,"真的非常感谢你。"

她躺下想小睡一会儿,一睡就睡到了晚上。斯科特上校没有再打来电话。梅兰妮醒来后,听到收音机说,有七百个没有国籍的犹太人已经坐上帝国皇家号,被送往塞浦路斯。她给詹姆斯打电话,想把最近的一些消息告诉他。

"你为什么不在耶路撒冷等呢,等到这些移民被遣送到塞浦路斯或其他哪个固定的地方后,再……"

"你不明白,"梅兰妮告诉他,"之前我一直是为我自己在找侄子,我知道他还活着,这就够了,哪怕我见不到他,哪怕我没法让他知道我还活着。但现在我必须让他能和特蕾莎团聚。"

"你知道吗,梅兰妮,这段时间我一直在想,你这次外出不只是因为……"

她没有让他说下去,她知道他要说什么。

"汉娜,我那个在基布兹的朋友,跟你想得一模一样。"

电话那一端是一阵长时间的沉默。

"詹姆斯,你在那吗?"

"在,"詹姆斯说,"不然我还能在哪?"

"我爱你。"梅兰妮说。

第十五章　尤尔克自救

对每一个人来说,这个夜晚都很难熬。黎明时分,第一批从甲板回来的人报信说,已看到塞浦路斯海岸了。有人给他们递下来几桶带奶粉味的甜茶,尤尔克喝了些。大海这会平静些了,他感觉好受多了。两个船舱的负责人在制订抵抗登陆的联合计划时,隔板那边响起了有节奏的敲击声。尤尔克振作了一下,加入到其中一个青年人的小组里,开始做准备工作。

他们最担心的是,那些英国士兵会往船舱里扔一些催泪弹或者烟幕弹,强迫他们下船。他们接到的指令是,马上用湿毯子把这些催泪弹盖住,并扔到下面的船舱里,因此他们要尽可能多取些水,存放在他们原来储存 K 种口粮的容器里。因此,趁甲板上的警卫兵不注意,尤尔克和他的伙伴们在他们眼皮底下来回取了一些水。他们还发现了一根长长的、重重的铁棍,万一到时他们需要空气,可以用铁棍来

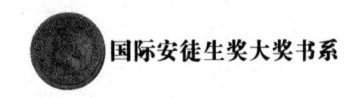

破墙。

两小时后,船抛锚停泊,在法马古斯塔码头外缓慢地晃动着。来自"卫生间瞭望台"的消息称,这个码头太小了,很有可能他们会用汽艇把他们送上岸。果然,另一批去了解情况的人很快回来说,登陆艇已经在向他们开过来了。

一个英国军官从出风口那边探出头来,命令他们上到甲板去。他受到了大家的齐声嘲弄。于是他威胁说要给他们施加点武力。不一会儿,六个戴着头盔、手拿棍棒的士兵爬下楼梯,强迫船舱里的人到外面去。有人向士兵们扔餐具,霎时,船舱里锅碗瓢盆飞得到处都是,那些士兵们急急忙忙退到楼梯口逃了上去,一些头盔和棍子也落在了那里。

那个军官又折回来,向他们宣布:如果他们这些流亡者再不自觉离开这条船,他就不得不动用催泪瓦斯了。大家都没听他的,动都没动一下。很多催泪弹扔了下来。为了不让烟雾飘出来,英国兵已用木板把出风口挡住了。尤尔克和他的伙伴们迅速行动起来,用湿毯子裹住那些催泪弹,把它们扔到底下的船舱里去。与此同时,几个力气较大的人用铁棍使劲冲撞隔板,他们后退,猛撞;再后退,再猛撞。不久,隔板被撞塌了,新鲜空气冲淡了舱内的烟雾。

但这还远远不够。有些难民,尤其是年纪比较大的那些难民,开始呛得透不过气来,感觉恶心。他们很快决定放弃

战斗。英国人打开出风口,叫难民们沿着梯子爬上来,那些被呛得厉害的先上。尤尔克肺部充血,咳个不停,不得不来到甲板上,大口大口地喘着气。

一个蓄着胡子的大高个儿男人在甲板上等着他们,他自称是犹太驻塞浦路斯事务处的代表。巴勒斯坦人都知道他的名字。他说最高层已作出决定,让他们停止抵抗。大家一听,就井然有序地从船上下到汽艇上,没几分钟就到了岸边。尽管有很多救护车打开车门等在岸上,但根本就没有人需要用救护车。一船难民安静地被装进了卡车,运往一个集中营。

他们又一次被围困在带刺的铁丝网后。所谓的集中营,原来是一个很小的检疫站。他们得知,在被转到另一个更为永久的拘留地之前,他们要在这里先住上几天。检疫站门口停了两辆配有机关枪的装甲车。

这回,英国士兵和他们组里的巴勒斯坦领导人进行了合作。大家排队领了饭盒和毯子,然后去他们的临时住处,里面有草席和军用小床。过了一会儿,一个希腊人开着一辆小货车,给他们送来了几桶热乎乎的食物。尤尔克主动上前帮忙分餐。有土豆、汤、面包片和一种黏糊糊的东西,不知是什么做的。谁要是饿坏了,可以饱食一顿了。

尤尔克、丽芙卡、贝拉和弗丽达与其他几个一起从意大利山庄来的朋友住在一个帐篷里。吃完了并收拾好东西后,他们便仰面躺在小床上休息了一会儿。

尤尔克还没闭上眼睛,有个巴勒斯坦人走了进来,对他说:"我叫迦比,来自一个叫吉瓦特·勃伦纳的基布兹农场。刚刚有人告诉我们,我们要在这里待两天。两天后将会有最后一次筛选。我们决定每一个帐篷派一个我们的人,针对某一个农场的情况,事先给你们做一些准备工作,好帮助你们通过筛选。"

这么说我还有一次机会啊,尤尔克这样想道,脑子里浮现出特蕾莎见到他时,脸上挂着的笑容。这次他一定要做个好学生,通过考核。"再等几天吧,特蕾莎。"尤尔克发誓说。

"你告诉我们的那个基布兹,是不是就是要送我们去的那个呢?"他问迦比。

回答是"是的"。

"那我想换个住的地方。"尤尔克说着,开始整理自己的东西。

丽芙卡用她那一双大大的眼睛伤心地看着他。

"尤尔克,别做傻事。"弗丽达说,马上明白了他要做什么。

尤尔克整理完了,说了声"再见",就走出了帐篷。丽芙卡跟着跑了出去。

"对不起,丽芙卡,"尤尔克说,"是因为特蕾莎的缘故。"

"你真的以为,我们会拿那个可笑的十字架一直取笑她,是不是?"

"不是,因为她自己都没把这当回事。可你知道,就算我很喜欢你……"

丽芙卡哭了起来,她默默地哭着,表情僵硬,泪水顺着脸颊哗哗地流了下来。尤尔克抱了抱她,丽芙卡也用尽全力紧紧地抱住了他,尤尔克突然觉得他不该抱她。他挣脱了丽芙卡,拿起东西就走了,任她在背后声嘶力竭地哭喊着。他大步走到营地的另一端,发现其中有个帐篷里有张空床,就把东西放在了上面。

"我可以搬到这儿来住吗?"他问帐篷里的人。

这个帐篷里面的人原来和特蕾莎同在一个小组里,他们是一起来山庄的。虽然尤尔克不太记得他们,但多数人都认识他。尤尔克铺床那会儿,有个巴勒斯坦人走进来,把尤尔克刚才听过的那些话又重复了一遍。这个人叫扬科勒,来自一个叫世博列的基布兹农场。他比其他大多数巴勒斯坦人都要年长,因为他有一张真诚的、被太阳晒得黝黑的脸,让他看上去年龄更大。

扬科勒特别要求帐篷里的每个人把自己的姓氏改成希伯来语。这花了一会儿时间,因为不是每个人都乐意改名字。

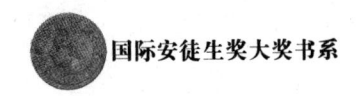

有个女孩说,她不想要新名字。扬科勒没有和她讲道理,他只是简单地告诉她,这样恐怕会很难通过考核。

"行吧,我改。"她说,"不过就考核时用一下而已。"

希伯来语名字中的尤维尔听起来有点像尤尔克,而金子(英语发音为"戈尔德")在希伯来语中是扎哈维,所以尤尔克·戈登伯格就成了尤维尔·扎哈维伊。"棒极了!"扬科勒说着,转向队列中的下一个人。

尤尔克对新名字感觉怪怪的。

等所有人都取好了新名字,他们就开始上课了。他们学了两天半时间,中间只在吃饭和上厕所时稍作休息。扬科勒很早就把他们叫醒了,晚上学到很晚。他们假定自己的家就在巴勒斯坦,得把相关的点点滴滴的内容都记住。慢慢地,他们对世博列农场的情况知道得越来越多了,感觉自己原来好像真住在那。

"你是说那些英国人也都知道这些事?"有人表示出了怀疑。

"不会。但他们身边有个犹太警官,他和我们一样也在做家庭作业呢。还有,英国的便衣警察懂的可多了。"

尤尔克花了九牛二虎之力,记住了所有的内容:他所在的基布兹农场里每一个人的名字;从特拉维夫去世博列需乘坐哪辆公交车,多长时间发一趟车,多少钱一张车票,车

票是什么颜色,行车途中大海是在左边车窗还是右边车窗外;他还记住了,买一个冰激凌甜筒是一皮阿斯特[1],而一条杏皮是一巴勒斯坦米尔[2]。

"杏皮是什么东西?"他想弄清楚。

"是一种杏子酱,切成薄薄的小方块,在太阳底下晒干以后就变成像皮带一样硬硬的、韧韧的了。"扬科勒给他做了解释,他的耐心似乎是用不完的。

尤尔克还记住了:世博列每年冬天会下雨,夏天却根本就不下雨;走路去最近的村子要多长时间;基布兹农场怎么选举领导人;教会集会是如何举行的;谁负责安全巡逻;管理世博列农田的又是谁,等等。

"哈伊姆,我们的那个农田管理员,长得很高,比我远高出一个头呢,"扬科勒告诉他们,"所以啊,我们叫他哈伊姆一个半。"

尤维尔·扎哈维伊还记住了:世博列农场牛棚里有几头牛,鸡笼里有几只鸡。他还知道家具厂和铸造厂的所有事情。

"这是你们的工厂,你们的铸造厂,"扬科勒说,"是你们的基布兹农场。"

---

[1] 埃及、黎巴嫩、叙利亚、苏丹等国的货币单位。
[2] 货币单位。

尤尔克还记住了：世博列有一百五十个大人，四十个小孩。另外：早餐是面包、一些新鲜蔬菜、一点果酱和奶油，茶、半个鸡蛋(半个鸡蛋吗？扬科勒肯定地对他说，你听到的是对的，没错)；中饭是汤、米饭、肉丸、一个白煮蔬菜，有时是炖水果；晚饭和早饭一样，只是多了一条奶酪。他还记住了，那里也有个扎哈维伊，是个园艺师。

"这我就不用告诉你了吧，他是你叔叔。"扬科勒说完，大家都笑了起来。

不知什么原因，尤尔克突然想到了丽芙卡，感觉很不好。我只能这样做，他在心里说，不仅仅是为特蕾莎，也是为了丽芙卡啊。他明白，在自己知道丽芙卡那么死心塌地爱着自己的时候，他心里感觉还是很高兴，但他没有及早把事情跟她说清楚，这样做有点自私。他还在想着这些事情，这时扬科勒提了一个问题，把他的思绪拉了回来，继续投入学习。

决定命运的前一晚，天上下起了雨。早上，他们出去吃早餐时，发现天空很蓝，空气特别清新。尤尔克心情很好。他相信自己能通过那个审核考试。早餐的碗碟刚一撤下，英国士兵们就摆好了三张长桌。难民们按规定带着锅碗和毯子进行集合。根据扬科勒的经验，其中五把椅子坐的是英国便衣警局的人，第六把椅子坐的就是那个犹太警察。最后那会儿，又另外加了两把椅子，是给一个英国军官和一名女士的，他们是坐一辆小型军车来的。那个女士是个中年人，戴着一顶很大的紫色帽子。

"你看到那个女人了吗？"扬科勒悄悄地问尤尔克。"我前几天看到过她，就在我们第一次被关在英国军营里的那会，那天晚上，他们让我们上了车，"他继续说道，努力说得更详细些。"我当时坐在练兵场，看着对面的一间小屋。突然那间小屋的一扇窗子打开了，她探出头使劲地喊着'尤尔克！尤尔克！'她当时就戴着那一顶帽子。我保证，她就是那个人！"

"尤尔克？"尤尔克很吃惊。

"是的。怎么了？"

"那是我的名字。"

"她喊的时候还有个姓，"扬科勒说，想努力地想起来。"等等，先别告诉我。好像是戈尔德曼或者是戈登伯格，类似这样的姓。"

"我的名字就叫尤尔克·戈登伯格！"

"你不会碰巧有个表姐是在巴勒斯坦，而她跟英国人关系很密切。会不会？"扬科勒问道。

"没有，"尤尔克说，"但我确实有个姑姑在英国。"

"或许她找你来了？"

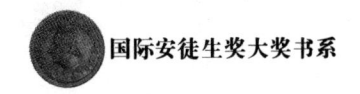

"她不可能知道我在这儿,更不知道我还活着。她住在伦敦,我只知道她的名字。我原来知道她的夫姓,但忘了。"

"嘿,这该不会是汉娜的那个朋友!"扬科勒大声说着,拍了拍尤尔克的肩膀。

接着他告诉尤尔克,有个梅兰妮·福克纳女士打算去基布兹农场,看望她的一个在华沙读书时的同学。

"你们轮船到的那天晚上,她也到那儿了,"扬科勒说,"我敢打赌,这是同一个女人。"

为了不让尤尔克朝那个英国女人跑去,他只能紧紧地抓住他,说:"别告诉她你是谁,否则你会长时间困在这里。"

尤尔克突然停住了,他觉得有点头晕眼花。他竭力想看一眼那个女人,但是她坐得太远了,她的帽子遮住了脸。他知道,姑姑肯定去波兰找过他,很可能把她能找得到的记录都去核查了,可是她怎么会知道他在这里呢?不管她是不是基督徒,她就在这里了。这根本不重要了。

"我无法相信这一切。"他说。

"可是,"杨科勒说,"我确实听她在喊尤尔克·戈登什么的。真的。不过,你要冷静,现在是最关键的,否则你会通不过审核的。你以后还可以再找她。或者她会想办法找到你。我只希望她这会儿别认出你来。"

"可我怎样才能找到特蕾莎?"

"这是个小国家。她很可能在世博列附近的哪个基布兹农场呢。是这样，尤维尔，如果你想通过这次审核，听我的，把这一切先忘掉。你甚至要把从我这儿知道的东西也忘掉。你必须让自己觉得，你什么都知道，你有十足的把握。你可以对审查官说一些你不知道的事情，但如果你都觉得这些事情听上去确有其事，那他也会觉得那是真的。毕竟，对你来说，考官就一个；而对他来说，你只是长长队列中的一张脸而已。他或许已经累了，想尽快考完最后一个人。就算你通不过也没关系，你可以找你姑姑帮忙。不过我保证，你一定会让他们相信，你就是尤维尔·扎哈维伊。你已经很像巴勒斯坦人了，晒得黑黑的。"

"我猜是在船上晒的。"尤尔克两眼盯着那个戴帽子的女士，心不在焉地说道。

杨科勒对他咧嘴笑了笑，说："如果你通过了考核，我答应帮你找到你姑姑。我越想，越觉得她就是我妻子的那个老朋友。这也就是说，你根本什么都不用担心，集中心思对付目前重要的事就可以了。"

"这次你也会一起回去吗？"

"是的。我年纪太大，不能在这里待太久。我会告诉英国人我是谁。你最后一次见到你姑姑是什么时候？"

"我七八岁的时候吧。"

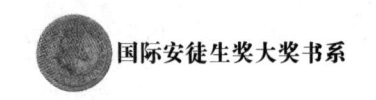

"那你真的很运气。她恐怕怎么也认不出你来了。"

可是,万一姑姑认出他来了,他被留在塞浦路斯了怎么办?尤尔克不免担心起来。虽然他下了决心,说什么也不承认自己是莫尔卡的侄子,但他又担心失去姑姑。战争结束后,这是他第一次找到自己的家里人:这个人认识他父母,认识他的兄弟姐妹,了解他出生、成长所住的房子;这个人记得他的童年,和所有已经失去的一切,这些东西如今存在他的记忆中,变得像是他想象出来的东西似的。如果另有一个人也记得这些事情,那无疑是替他记忆的这一切丢来了一个救生圈,一切都又变成真的、活的了。如果她真是他姑姑,一个曾经用尽了一切神秘的手段要找到他的人,那他怎么敢冒险让姑姑再次消失了呢?

梅兰妮也很焦虑。这几天看了那么多年轻人的脸,她开始怀疑,自己到底能不能认出侄子来。她又看了看侄子和她哥哥的几张照片。她当时在看到报纸上尤尔克的照片时,一下子就认出他来了,因为他们父子两个拍照时的表情一模一样。难道尤尔克现在不是这个表情了?斯科特上校提醒过她,如果她不想让英国人把尤尔克留在塞浦路斯的话,她必须假装不认识才是。他说,以后尤尔克自己或者犹太事务局肯定会帮他们接上头的。

梅兰妮只是想见到她的侄子。至少能见上一次。

"你能通过你的关系把他弄到巴勒斯坦去吗？"她曾经这样问过上校。

"不行。"

"可你不是用关系把我弄到审讯现场来了？"

"没错啊。那是因为审查官们为了想要给我留下个好印象，他们得把工作做得十分到位。他们已经问过我了，你在找的那个男孩叫什么名字。"

"你怎么说的？"

"埃德蒙德·弗莱德。"

"为什么叫埃德蒙德·弗莱德？"

"那是我在牛津大学读书时一个朋友的名字。他也是波兰裔犹太人。"

"你认为我侄子会把自己的真实姓名告诉他们吗？"

"也许会说他的姓。大多数人会取一个希伯来语的名字，但不会把姓改掉。"

梅兰妮一直在设想事情会变成什么样。"如果那边有哪个犹太事务局的官员认出了我，他们就再也不会跟我说话了。"她这样说道。

"所以，福克纳夫人，您需要做的是，住进另一家宾馆，换身衣服，当然先脱掉您那顶帽子，没有人会认出你是谁。当然，我肯定，您那么美丽，戴不戴帽子，都是很引人注目的。"

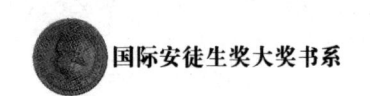

"谢谢！"梅兰妮略带惊奇地回答道。斯科特上校跟一个女人说这么一通话，显得实在是太有英国绅士风度了，何况这位女士已经三十七岁了。

上校开车把她送到了集中营，筛选工作按预定时间开始了。审讯台前不远处，几百个难民或坐或站在那里。审讯官们很歉意地对她说，他们得背对着她坐在那儿。梅兰妮花了好大的工夫才让他们相信，他们这样做并没有让她不高兴。

审讯官共有六个，据斯科特上校说，其中的一个警官是犹太人。一个中士下达了命令，难民们排成一队，轮流上前，走到第一个候着的审讯官面前。让他们觉得奇怪的是，那些英国便衣警察说的都是很简单的希伯来语。斯科特上校跟梅兰妮说，这水平已够他们问一些必要的问题了。尽管一个字也听不懂，梅兰妮很快就听出来了，前两个问题问的都是你叫什么名字，家住哪儿。每审讯完一个，中士就会大喊一声："下一个！"

审讯一个接着一个进行着。

大多数人在接受审讯后又转回去了，有少部分人放了出来。有人给他们指路，告诉他们把自己的毯子和碗筷丢到一个卡车上，然后爬到另一辆卡车上去。那辆卡车上的人数慢慢地多了起来。

"他们会被送到哪儿去？"梅兰妮问道。

"送回码头去，福克纳女士。"上校回答她。

她发现，在这些英国审讯官面前，他很特别地称呼她为福克纳女士。

"下一个！"

一个又一个继续着。

突然他出现了。梅兰妮一下就认出来了。这简直就是她哥哥重生了，正迈着她如此熟悉的步伐，大步大步地、从容不迫地向她走了过来。"那是尤尔克！"她在上校耳边悄悄地说，"我肯定。"

上校把一只手放在了她肩上，免得她跳起来。梅兰妮很快恢复了平静，没有流露出激动的神情，只是两只眼睛牢牢地盯着尤尔克。尤尔克给审讯官说了一个很生疏的希伯来名字，第二个回答是"世博列"，这个词梅兰妮听得懂。

尤尔克发觉自己面前坐着的是那个犹太警官。他倒不担心自己的希伯来语，他说得挺好的。他也没去看那个坐在审讯官背后那个戴帽子的女人。他担心哪怕就看一眼，都会让他心神不定。

"名字？"

"尤维尔·扎哈维伊。"

"住哪儿？"

"世博列基布兹。"

211

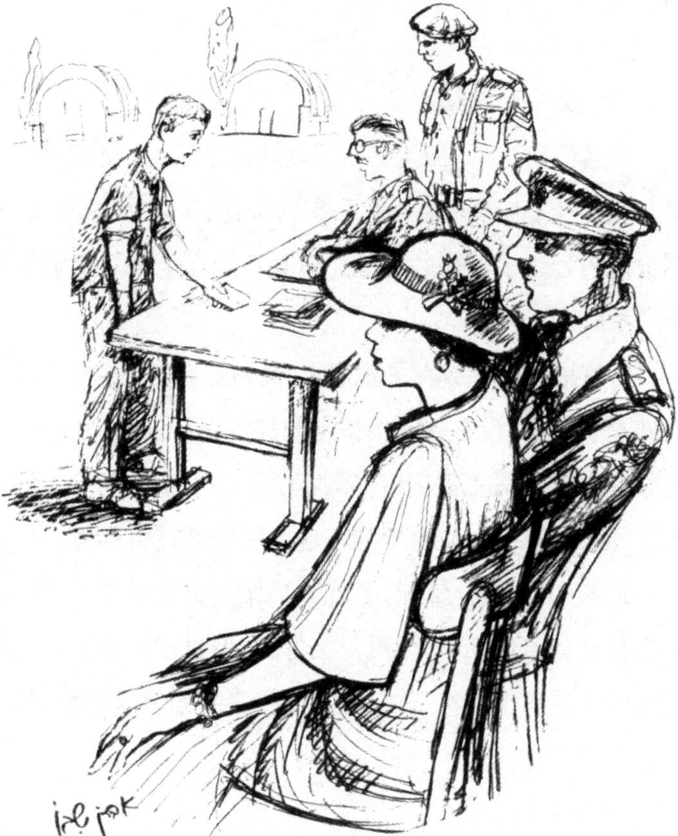

"在哪儿干活？"

"在花圃。"

"谁负责？"

"萨克斯。"

"在特拉维夫的艾伦比大街，从这头走到另一头大概要多长时间？"

"我不知道。那个地方我没去过。"

"海法市的市长是谁？"

"不知道。"

"坐汽车从世博列到特拉维夫，要多少钱？"

"一个半皮阿斯特。"

"车票是什么颜色？"

"绿色。"

"你认识哈伊姆吗？"

尤尔克的心脏"怦怦"直跳。我的机会来了，他想。他盯着审讯官的脸问道："恐怕您问的是哈伊姆一个半吧？"

"去把你的东西扔到第一辆卡车上，然后上第二辆车。"

尤尔克高兴得差点跳了起来。他想到了那个戴帽子的女士。他转过头去，看到了他姑姑。孩提时候那个模模糊糊的记忆重又鲜活了起来——他仿佛看见年轻漂亮的姑姑莫尔卡站在他们老房子的院子里喂鸡，那就是他在妈妈书中

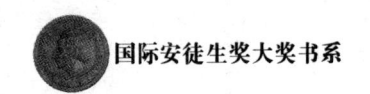

照片上看到的那个姑姑。他知道,他这会儿不能再站在那儿了,可他还是忍不住要去看姑姑。

没有任何预兆,她用意第绪语问道:"年轻人,你父亲叫什么名字?"

"阿图尔。"他想都没想就脱口而出。然后,他很警觉地、头也不回地从审讯桌边走开了。

坐在梅兰妮前面的两个便衣警察转过头来问道:"那就是你要找的小伙子吗?"

"不是,恐怕不是。"梅兰妮说,努力保持语气平稳。

她觉得没有必要再坐在那儿了,过不了一会儿,她就悄悄地问上校,他们是不是可以走了。上校摇了摇头。

"你必须一直坐到结束为止。别无选择。"

那辆载难民的卡车就快坐满了。尤尔克站在卡车的一个角落里,时不时地盯着他姑姑。他确信那就是姑姑。在这个世上他不再是孤单一人了。当然,他有特蕾莎,已经不是孤单一人了,但这次终结的是另一种孤单。这是一份属于孩子的一种孤单,而我们当中有谁没尝过这份滋味呢?

他看到丽芙卡没通过审讯,被遣送了回去。贝拉通过了,但弗丽达没过。他们吵了起来。很明显,她们在跟审讯官说,她们是亲姐妹。于是审讯官把她们两个都遣送了回去。尤尔克为她们俩感到很难过,但对丽芙卡,他心里更难过。

或许他真的该和她一起待在营地帐篷里。毕竟,如果特蕾莎想住到别的地方去的话,没有人逼他非得住到吉瓦特布伦纳去不可。

卡车开走了,他和梅兰妮各用离别的眼神看了看对方。新开来的一辆卡车停在了他们原来停车的空位上。审讯官们时不时停下来休息一会儿,喝喝咖啡,中午吃饭时又休息了一会儿。时间慢得像蜗牛爬似的,三月的阳光暖暖地照着,慢慢地爬过头顶,又慢慢地落了下来。最后一个难民问完了问题,审讯官们站了起来,几个士兵把桌子折叠了起来。

就在那时,好像是谁发了信号似的,几十个人冲上来说他们是巴勒斯坦人。审讯官们商量了一下,接下去该怎么办,但是抗议的人非常自信,终于说服他们重新开始筛选工作了。

这次一切进行得很快捷。这会儿才出来的这批人,说的是地道的希伯来语,所有的问题他们都知道答案,回答问题时根本没有丝毫的停顿,而且都直视着审讯官。不到一个小时,他们就全加入到了去码头的护航舰上了。

梅兰妮和上校坐上他们的小车,跟在卡车后面开了一段时间。尽管道路很窄,他们还是超车,预先赶到了码头。如今,码头上再没有带刺的铁丝网和武装部队了。梅兰妮和上

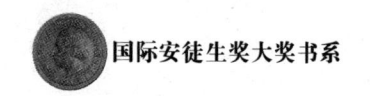

校一起站在码头上,在轮船扶栏旁,徒劳地在人群中寻找着尤尔克。上船板竖起来了,船锚吊起来了,她依然一动不动地站在那,好像脚上生了根一般。

"我知道这并不重要,"她对斯科特上校说,"可我实在太想和他说说话了,哪怕说上一句话也好啊,就现在!"

引擎发动了,螺旋桨在船尾卷起了一堆堆水花。喇叭开始鸣笛,轮船慢慢地离开了泊位。就在这时,梅兰妮看见了一个瘦瘦长长的小伙子。她脱下帽子,使劲地挥动着。

"是我!"尤尔克大喊道。

"尤—尔—克!"梅兰妮大喊道。

"莫—尔—卡—姑姑!"他大声喊着,也挥着手,"莫—尔—卡—姑姑!"

终于找到了。她的眼泪夺眶而出,她哭啊哭啊,任凭眼泪哗哗地流着。甲板上,大家唱起了《希望之歌》(以色列国歌),梅兰妮也跟着唱了起来,虽然她连歌词都不知道。

第十六章　五　封　信

*第一封信

一九四七年五月十五日
世博列基布兹

亲爱的梅拉：

真高兴收到你的来信。我们一切都好。杨科勒在负责一批新移民的工作，他真的特别喜欢尤尔克和特蕾莎（特蕾莎坚持要用她的波兰名）。

尤第——我们的宝贝儿子长得很快。我们感到很兴奋。告诉你实话吧，我为此和杨科勒吵过嘴呢。我实在受不了晚上的时候把孩子放在婴儿室的床上，把他留在那，到早上才抱回来。我知道他饿的时候会哭着找我，要吃奶。孩子一哭，保育员肯定不会经常来叫我——有时是懒得来叫，就用一点糖水喂一喂应付了事；有时是因为那个可笑的说法，如果晚上把喂奶的妈妈们吵醒了,那她们白天就没力气干活了。我已经去过社会委员会了,要求晚上把宝宝留在我们自己房间里,和我们一起睡。这让他们很恼火,因为他们说,这会给年轻的夫妇们开一个极坏的先例。我第一次开始怀疑,我该不该继续在这个地方住下去。我和杨科勒甚至商量要离开这个地方了。你应该知道,自从我们有了尤第,杨科勒再不是以前那个热血的基布兹人了。男人在有了孩子和没孩子前是不一样的,以前很多事他都不操心,现在会了。

好了,我的事就啰唆到这儿吧。国家的形势很紧张。走在路上很危险。我担心,如果哪天英国人撤走了,我们恐怕要和阿拉伯人全面开战了。我们只有六十几万人,而你只要看看地图就知道有多少阿拉伯人了。可杨科勒总是很乐观,他说,历史表明,为自由而战的人民最终肯定会赢得胜利。我希望他说的是对的,我们会拥有自己的国家。他一直对我们的领导人和地下组织的指挥官们抱有信心。怎么跟你说呢?他就是一个信心之人。我很有幸,这个年龄还能拥有这么一位有爱心又忠诚的丈夫。

尤尔克和特蕾莎会分别跟你写信的。随信捎去我对你的爱。尤尔克让我向你致以最真挚的问候。我们何时还能再见面?

你的汉娜

戴帽子的女士

附言：我刚读了今天的报纸，感觉特别激动。也许杨科勒是对的，我们应该充满信心。我说的是苏联大使葛罗米柯在联合国作的那个演讲①，他支持建立一个犹太国。我们也确实该建一个自己的国家了，我们已经受苦受难流亡了两千年了②。

*第二封信

一九四七年六月二日

亲爱的梅兰妮：

您好！我在参加一个培训班，住在您当时见到我时住的那个帐篷里。我们努力工作，努力学习希伯来语，每周还有半天时间学习其他科目。我每一天都等尤尔克下班回来。除了我，这儿的人都叫他尤维尔。我总是很担心他，他在一个公交车上做安保。我们这儿附近有个阿拉伯村子叫阿克尔，那儿的人时不时地向犹太人的公交车开枪。不过看着尤尔

---

①1947年4月28日至5月15日，联合国在纽约召开了关于巴勒斯坦问题的特别会议。会议结束前一天，苏联常驻联合国代表葛罗米柯发言，声情并茂地提到了犹太民族在二战期间遭受的苦难。

②犹太人流亡2000年，期间惨遭4次大驱赶。二战前全球有1700多万犹太人，纳粹大屠杀后只剩1150万。1948年5月14日以色列建国时仅有65万犹太人。没有任何一个民族为建国理想付出了如此巨大的代价。

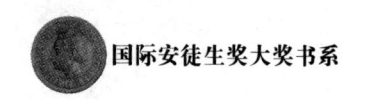

克佩着枪、戴着军帽，我真的很自豪。

  我在这儿有很多新朋友。晚上的时候，我们会躺在食堂附近的草坪上唱歌。之后，我和尤尔克会去田间散步，有时夜晚的天空会有一轮很大的巴勒斯坦月亮，明晃晃地照在我们身上。我很爱尤尔克。等我十八岁了，也就两年后，如果尤尔克还像现在这样爱我，我们就结婚。您能来参加我们的婚礼吗？基布兹的婚礼办得很棒，前段时间就有一个。我们结婚，您怎么能缺席呢？我一直在想您呢。哦，对了，我差一点忘了告诉您：罗伯特问您好！他偶尔来，带各式各样的玩意儿给我们。他给自己买了只相机，我们都照过相了。上次他带了几张照片来说是给您的，我随信寄给您吧。尤尔克还想和您说几句。

非常非常爱您的特蕾莎

*第三封信

亲爱的梅兰妮：

  我们都很好。特蕾莎说她给您写信谈到了我的工作。您不用担心我。这工作没那么危险。时不时地去趟特拉维夫，我觉得很好。特蕾莎休息的时候就跟我一起去。如果中间有足够的时间的话，我们就会去逛艾伦比大街。在塞浦路斯的审讯中他们问过我，从艾伦比大街的这头走到那头需要多长时间，我现在知道了！我们有时会买个冰激凌吃吃，要不买瓶苏打水喝喝，有时还会去海里泡一会儿。可惜特蕾莎的休息日太少了。

她不想我看她写给您的信，她说里面有秘密。我能想得到她写了些什么！我只想补充说，我很爱她。她是我见过的最漂亮的女孩。您同意吧？

我希望我们能解决与英国人和阿拉伯人之间的问题，早点建立我们自己的国家。或许有一天我们会去伦敦看望您。随信给您寄去两张照片，一张是我和特蕾莎的，另一张是我们俩和罗伯特的。都是罗伯特用他的相机照的。他向您问好！他还在特拉维夫，做各种生意。至于到底做什么，他从来没说过。

收到您寄来的照片，我太高兴了。我看上去真的很像爸爸。我很高兴能得到一张家人的照片。妈妈看上去很伤心。您知道那是为什么吗？爸爸看上去很严肃，小孩子看上去都很滑稽很高兴，我记得他们就是这个样子的。

您不知道我有多恨德国人。有时我想，如果能拿个原子弹，扔到柏林去，我真的会去。但一想到那些无辜的人们，那些妈妈和小孩子，我不知道我还会不会去做这样的事。那里

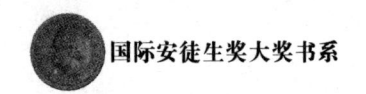

的人也和我一样,有爱有恨,有哭有笑,有宗教信仰,我怎么能把他们都杀了呢?他们又怎么会来杀我们呢?这对我来说实在太难弄明白了。

　　谈到宗教信仰,我相信特蕾莎有些事肯定没和您提到。有一次,我们和其他几个基布兹人去耶路撒冷,走进了当地一个很重要的教堂,真的是很有名的一个教堂,特蕾莎突然就不见了。我知道她肯定跑到哪个角落祷告去了。我很羡慕那些祷告的人。也许这是我们从小就该学会的东西。如果一个人从小就学会在会堂里祷告,那么会堂就是你能做祷告的唯一场所。教堂也一样。一个人只有在那儿才能跟那个称为上帝的敞开心扉。您信上帝吗?我信。不是信那个像父亲或长胡子爷爷的上帝。我确实相信,世上有一种东西是我们永远都搞不懂的。这种东西,不是凭想象或者逻辑,甚至不是所有的科学能搞懂的。但我不知道那个难懂的东西需要我们做什么,我确实想不出来。

　　特蕾莎以我为骄傲。我告诉她,我准备再增加两天路线。好吧,那就先写到这儿。

永远爱您的尤尔克

* 第四封信

一九四七年八月四日

海法码头

亲爱的特蕾莎和尤尔克：

这是一封告别信。你们读到此信时，我已远在海上，奔赴美国这个机会之国了。我能看到你们在为我摇头，可怜兮兮地去做玛门①和金牛犊②的奴隶。相爱的人容易联起手来，去批评一个没人爱的人——至少现在还没人爱。

在我住在基布兹的这一小段时间里，我清楚地认识到了一件事：那儿的生活并不是我想要的。我想在特拉维夫重新开始，但那儿的生活也不适合我。我还想告诉你们的是，基布兹的生活也不适合特蕾莎，甚至不适合你，尤尔克，虽然你会做得不错，但特蕾莎会比较痛苦。

我不想否认，离开这个国家我心里有愧。这也是我的国家，国家现在需要每一个犹太人回来。让我们面对这个事实吧：我是个自我主义者。这也是我从六年战争中学到的东

---

①玛门的意思是财富。在新约圣经中是钱的化身，新约中耶稣用来指责门徒贪婪时的形容词，被形容是财富的邪神，诱使人为了财富互相杀戮。常用于描述过分唯物或贪婪等消极的一面。

②在埃及和希伯来人的近邻，古代近东和爱琴海地区，野牛受到广泛的崇拜，旧约圣经记载，当摩西上西乃山领受十诫时，他离开以色列人40昼夜。以色列人担心他不再回来，要求亚伦为他们制造一尊偶像。亚伦为取悦以色列人，制造了金牛犊。

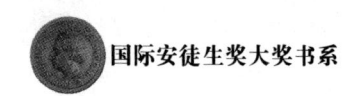

西。我是我们家唯一一个活下来的人,我想变得富有,想结婚,想有很多孩子,我不想我的孩子为钱发愁。

  作出这个决定并不容易。甚至在我知道有人在帮我牵线搭桥找关系之后,我还是不知道要不要去美国。不过现在我已下定决心了。

  我现在正在海法市码头的候车室里。我要走的路线正是我们一年半前走过的那条航道,不过是相反方向。我先坐高博良号去法国,然后从那转道去美国。

  随信带去我的拥抱和亲吻。我本应该亲自来跟你们道别的,但这对我来说太折磨人了。也许对你们也一样。尤尔克和特蕾莎,祝你们一切都好!

你们的罗伯特

*第五封信

一九四七年九月二十一日

我最最亲爱的汉娜:

  我怀孕了!前三个月我谁也没告诉。但医生说,一切都很好。我们太激动了!

  听说联合国特别委员会建议巴勒斯坦地区建立一个犹

太国家，我真的太高兴了。詹姆斯说，联合国大会将为这个计划就英国的反对意见进行投票，因为美国和苏联将不计前嫌，联合起来支持这个计划。要想知道什么，问詹姆斯总没错。据说会建一个犹太国家，一个阿拉伯国家，而耶路撒冷将成为国际城市。这样英国人就不再托管这个地区了。这让我觉得既高兴又担心。

亲吻你们每一个人！

梅兰妮